文芸社セレクション

風ぐるま

—短篇・詩—

馬橋　敬子

MABASHI Keiko

JN112864

〔文芸〕社

風ぐるま

あの日　あの時の風に
回る　心の風ぐるま

吹けよ　風
私に向かって　吹けよ　風

湧きあがる　その感受を
言葉に変えて　命に変えて

目次

詩

風ぐるま

—短篇・詩—

短篇

しあわせって　なあに

わたしは　光に　つつまれました。
なんて　あたたかいのでしょう。
なんて　明るいのでしょう。

晴れた　冬の日。
わたしたちは　ママから　いのちを
もらいました。

ママが　いいました。
「みんなに　名まえを　つけましょう。

お花の名まえがいいわ。あなたは、さくら。

あなたは、もも。あなたは、ゆり。男の子のあなたは、しょうぶ」
わたしの名まえは　うめ。
いちばん下の　末っ子です。

お外に出た日は　おにごっこ。
走って　ころがって　どろだらけ。
けんかになって　お耳やお鼻をかまれて　いたいことも　あるけれど
楽しくて　うれしくて　じっとなんて　していられないの。
わたしは　ほんとうに　みんなが大すき！
わたしたちは　ほんとうに　ママが大すき！

ある日　見たことのないおじさんが　おうちに　やってきました。
さくらおねえちゃんを　だきあげると　ケージに入れて
車にのって　いっしょに　どこかに　行ってしまいました。

わたしは　さくらおねえちゃんと「さよなら」を　しました。
わたしたちは　とっても　さみしくて　かなしくて
クーンと　なきました。
ママは　空を見上げて　そっと　いいました。
「しあわせでいてね。さくら」

次の日　知らない女の人が　おうちに　やってきました。
ももおねえちゃんを　ぎゅっとだきしめると
いっしょに　どこかに　行ってしまいました。
わたしは　ももおねえちゃんと「さよなら」を　しました。
わたしたちは　とっても　とっても　さみしくて　かなしくて
クーン　クーンとなきました。
ママは　空を見上げて　そっと　いいました。
「しあわせでいてね。もも」

その日は　おひさまの光が　いっぱいの日でした。
風まで　あたたかな日でした。
わたしは　朝　しょうぶおにいちゃんと「さよなら」をして
夕がた　ゆりおねえちゃんと「さよなら」を　しました。

ー　今日は　たくさんあそぼうって　やくそくしていたのに。うれしい日だと
思っていたのに　ー

わたしは　みんなと「さよなら」を　しました。
たくさん「さよなら」を　しました。
わたしは　とっても　とっても　とっても　さみしくて　かなしくて
クーン　クーン　クーン　クーンと　なきました。
ママは　とおくの　夕やけを　見上げて　そっと　いいました。

「しあわせでいてね。しょうぶ。ゆり。みんな　きっと　しあわせでいてね」

わたしは　ママに　ききました。

「しあわせって　なあに」

「しあわせはね」

ママは　わたしに　いいました。

「たのしい時ばかりではないけれど、かなしい時も　どんな時も　生きていくこと。

いっしょうけんめいに　生きること」

――さくらおねえちゃん、ももおねえちゃん、しょうぶおにいちゃん、ゆりおねえちゃん。みんな　しあわせで　いるかしら――

春が　やってきました。

お庭いっぱいに　お花が　きれいに　さいています。

お日さまの花

やさしい風が吹いていました。

タンポポの綿毛が風に乗ってフワッと土におりました。

ひろい野原のまん中でしょうか。

どこかの家のお庭でしょうか。

綿毛のおりたところは、道路の脇の排水溝の中でした。排水溝は、雨が降った時などに道に水がたまらないよう、うまく下水に流れるようにと作られた溝です。上には頑丈な鉄の柵がはめこまれていて、その下には太い針金で編んだカゴが取りつけられています。カゴの中には、土や枯れ葉や小さなゴミが、雨といっしょに流れ込んで溜まります。タンポポの綿毛は、そのカゴの中で芽を出しました。

排水溝の中は、夜の間は近くに立つ街灯のうす暗い光ばかりですが、やがて空が白み始めて新しい一日が始まる頃になると、お日さまの光がだんだんと中にさし込んできます。そうしていっぺんにパッと明るく暖かくなります。でも、それはほんの少しの間のこと。しばらくすると、中はまた暗くなってしまうのでした。

晴れた日の午後でした。

黄色い帽子をかぶった男の子が、排水溝の前を通りました。そして、立ち止まりました。

「ママ、来て。来て。こんなところに草が生えているよ」

ママも排水溝をのぞき込みました。

「ほんとだね。こんなところにタンポポさん。せいいっぱい背伸びをして、よくがんばっていて。あらっ、つぼみもあるよ。もうすぐお花が咲くのね」

「タンポポさんて、どんなお花が咲くの？」

男の子がたずねました。

「お日さまのようなお花よ」

ギザギザの葉の間から、スーッと伸びているつぼみは、もう少しで鉄の柵にも届きそうでした。

少しして、タンポポの花が咲きました。

排水溝にお日さまの光がさし込む朝には、タンポポの花は、いっぱいの光をあびてお日さまのようにキラキラと輝きました。

日曜日のこの町はいつも静かです。ところが、その日は違っていました。

ザワザワ、ガサガサ。カシャッカシャッ、シャッシャッ。聞きなれない音が響いていました。

その日は、年に一度の〝ゴミゼロの日〟でした。町の人みんなで道にころがっているあき缶やゴミを集めて　町の大掃除をする日です。雨水の流れをよくするために排水溝のカゴにたまった土やゴミをすっかり取りのぞくのも、この日の大事な仕事の一つでした。

道路の脇に並んだ重い排水溝の柵が、次々に外されていきました。柵の下にあるカゴも、ゴミといっしょに道に放り出されていきます。

とうとう、タンポポの排水溝の番になりました。

男の人が二人して「それっ」と、排水溝の重い鉄の柵を外します。それから、その下にあるカゴを「よいしょ」と持ち上げました。土や枯れ葉やたくさんのゴミと一緒に、タンポポも外へと引き上げられました。

男の人たちが声を合わせて、カゴごとそっくり道に放り投げようとした時、男の子が飛び出してきました。

「おじさんたち、お願い。待って。タンポポさんをゴミといっしょに捨てないで」

男の人たちの手が止まりました。

「ぼく、幼稚園の帰り道にね、いつもママとここの中をのぞいていたの。タンポポさん元気かな、って。そしたら、見て。ほら、今ね、お日さまのお花が咲いているんだよ」

「ああ本当だな。よくこんな所で花を咲かせたもんだな」

男の子のママもそばにかけ寄って、いっしょにお願いをしてくれました。

男の人たちは、目を合わせてうなずきました。

「うっかりしていたよ。ゴミばかりを見ていたからね。そうだね、ここの排水溝は、ゴミや枯れ葉だけを取って、あとはそのままにしておこう」

男の人たちは、中にたまっていたタバコの吸いがらや枯れ葉だけを拾うと、カゴをゆっくり排水溝の中にもどしました。それから、重たい柵を上にはめ込みました。タンポポはまたもとの通りになりました。

男の人たちは、ニコニコしながら隣の排水溝へと向かっていきました。

「よかったね。たんぽぽさん」

男の子とママは、排水溝の中のタンポポをのぞき込みました。

タンポポの花がゆれました。

「タンポポさんも、よろこんでいるね」

男の子とママは、顔を見合わせてにっこりしました。

何日か過ぎて、タンポポの花は、白い綿毛になりました。

「わあ、綿あめみたいになっちゃったぁ」

男の子が排水溝をのぞいて笑いました。ママもいっしょに笑いました。

その時、排水溝の中にも風が吹き込んできました。

風にゆられて、綿毛がタンポポから離れました。ひとつふたつと、綿毛は四角い鉄の柵の間を通りぬけると、上へ上へとのぼっていきます。

「わあ、空も飛べるんだね」

男の子はびっくりしました。

ママが言いました。

「あの一つ一つに、種がついているのよ」

「そうなの。じゃあ、またどこかで、お日さまのお花が咲くんだね。どこかでいっぱい咲くんだね。どんなところで咲くのかな。タンポポさん、また会えるね。また会おうね。元気でね」

男の子は、空に向かって手をふりました。

たくさんの綿毛が、飛び立っていきます。そして、綿毛はあっという間に青い空の中に吸い込まれていきました。

やさしい風が吹いていました。

図書室の本のお話

ある街の小学校の図書室。そこでの本のお話です。

その小学校は古い学校でした。図書室も同じように古くて、昔からの本もたくさん置いてありました。

春になると、学校は新しい学年が始まります。初めて小学生になる一年生も入学してきます。図書室の本たちは、毎年この時をとても楽しみに待っていました。

「今年の一年生はどんな子たちだろうね」

「本を好きになってくれるといいね」

「絵本の君は、なんといっても一年生の人気者だよ。いいな。うらやましいな」

「そんなことないよ。君の方こそツルツルピカピカだもの。新しい本は、みんなにすぐに手にとってもらえるよ」

本たちは、ウキウキとおしゃべりを続けています。

そんな中で、遠くでその様子を眺めている本がありました。『雑草図鑑』という本です。その本は陽の当たる窓際の本棚に並んでいましたから、日焼けして背中の文字は薄くなり、よく見なければ本の名前もわからないほどです。この本は学校が建てられた時からずっとこの図書室の同じ本棚の中にいました。最後にページを開いてもらったのはもうずっと前で、そう、手にとってくれたのは、確か髪を肩まで伸ばした女の子でした。女の子が大きな瞳であんまりじっと見つめるので、その時はとても恥ずかしくなりました。でも、それは遠い昔の思い出でした。

さて、待ちこがれていた日がやってきました。今日は、新しい一年生が初めて図書室にやって来る日です。おまけにその日はきれいな青空で風も柔らかな日でした。本たちにとっても、天気の良い日は特別気持ちの良いものです。

本たちは、朝早くから背筋を伸ばして緊張していました。おしゃべりする本は一冊もいません。少しでも目立つようにと本棚からちょっとだけ飛び出している本もいます。そんなことをしてまでも、本たちは一年生の手に取ってもらいたいと願っているのでした。

授業の始まりを告げるチャイムが鳴り、廊下のほうからたくさんの小さな足音が図書室に近づいてきました。ガラガラと入口の戸が開いて、先生を先頭にいよいよ新しい一年生が図書室に入ってきました。

本たちは背中越しにその様子を見つめます。一年生も本たちと同じように緊張しているようでしたが、先生に言われたとおりに静かに椅子に座りました。

「ここが図書室です。本がたくさんありますね。今日は、この中から一冊選んで読んでみましょう。どんな本でもいいですよ。好きな本を読みましょう。さあ、どうぞ」

先生の言葉に、一年生の子ども達は急に笑顔になって、いっせいに立ち上がりました。今年の一年生も本が大好きなようです。

楽しい絵やきれいな色使いの絵本は、人気がありました。新しい本や、〝おすすめ本コーナー〟に並べられた本の前にも子ども達が集まっています。好きな本を見つけた一年生も選ばれた本も、とてもうれしそうでした。

さあ、あの『雑草図鑑』はどうしたでしょう。窓際にある本棚といっても、『雑草図鑑』の本棚は、図書室の奥の隅にありました。それに、上の隅に並んでいたものですから、目の前を何人かの一年生が通り過ぎては行きましたが、目も合わせてくれません。それでも、『雑草図鑑』は楽しそうに本を開く子ども達を見ていると、それだけで幸せな気持ちになりました。

一人の男の子が『雑草図鑑』の本棚の前で立ち止まりました。じっと上の方をながめています。読みたい本が見つかったのでしょうか、背伸びをして取ろうとしていましたが、どうやら背伸びをしてもその本には手が届かないようでした。男の子は、少し困ったようにして、それから先生のところに行きました。

「先生、ぼく、読みたい本があるけど、手が届かないのです。先生、取ってくれますか」

「はい、いいですよ。それは何という本ですか」

「〝雑草〟のことが書いてある本です」

その声に、図書室中の本がビックリしました。もっとビックリしたのは『雑草図鑑』です。

　先生は本棚からさっそくに『雑草図鑑』を見つけると、手に取って開きました。

「少し読めない漢字もあると思いますが、でもきれいな写真も絵ものっているので分かりやすいでしょう。あなたは雑草が好きなのですね」

　先生が男の子にたずねました。

「はい。みんなは道にある草を〝雑草〟とか言って、引っこぬいたりイヤな顔をしたりするけど、きれいな花が咲いているのもいっぱいあるし、コンクリートの間で頑張っているのもあるから、強くてえらいと思います。だから好きです」

　先生が笑顔でうなずきました。

「それと、先生、〝雑草〟っていう名前の草はないでしょ。みんなが〝雑草〟って呼んでいる草にも絶対に名前があるって、ぼくはずっと思っていたから、この本を読んで名前とかいろんなことを知りたいです」

「そうですね。その通りですね」

　男の子は先生から本を手渡してもらうと、席に座って丁寧にページを開き始めました。『雑草図鑑』は、男の子の真剣な瞳に見つめられて、とても幸せな気持ちになりました。誰かの役に立つのはとてもうれしいことです。ずっと長い間、誰の役にも立っていないように感じて、さみしく思っていたものですから。

チャイムが鳴りました。

「今日はここまでにしましょう。読んだ本は元あった場所に返しましょう。それと、その〝雑草〟の本ですが、先生もゆっくり読んでみたいので、前に持ってきてくれますか」

こうして『雑草図鑑』は、男の子から先生のところにいきました。

「先生が読んだら、教室にしばらく置いておきます。みなさんも手にとって開いて見てください」

教室へ向かう先生の腕の中で揺られながら、『雑草図鑑』は夢を見ているようでした。こんな日が来るなんて考えてもみませんでした。

みなさんの学校の図書室にも、みなさんに会える日を待っている本がきっとあります。お役に立ちたいとじっとずっと待っている本がきっとありますよ。こんど図書室に行った時に、探してみてください。

図書室の本のお話でした。

けやき

ぼくは、春の光をあびて生まれました。

ぼくは、けやきの葉っぱです。

お母さんは、大きなけやきの木です。足元の幹はもうゴッゴツしていますが、とても太くて立派で、そこからたくさんの枝が分かれていて、空に向かって高く伸びています。

下の道を行く人は、お母さんを見上げて話します。

「百歳くらいになるかしら」

「いや、もっとだろうよ。たいしたものだ」

ぼくたちまで、ほめられたような気がしてうれしくなります。

ぼくは、おかあさんの一番高い枝の一番高いところで生まれました。

ぼくのところからは、遠くの景色までがとてもよく見えます。

様々な色や形の屋根。大きな四角い窓が並ぶ高いビル。それよりも高いタワーマンション。街並みを分けながら長くつらなる線路。その上を走る電車。夜も昼もなく広い道路を行き交うトラックや車。

すぐ下を見下ろせば、公園で遊ぶ子ども達。ベビーカーを押すママ。お散歩の人やベンチでのんびり休む人達。汗を拭きふき道を急ぐ人もいたりして。

ぼくたちは、お日さまが大好きです。

晴れた日の一日は、東の空に昇るピカピカ輝くお日さまに「おはようございます」と、元気にあいさつすることから始まります。

そして、夕方には、一日のお仕事を終えたお日さまに「ありがとうございます」とおじぎをして、西の空に沈んでいくお日さまを見送ります。

夜になれば、夜空に光る星たちや毎晩少しずつ姿を変えるお月さまに、今日見たことを話したりします。

ぼくたちは、毎日大きくなります。

そして、とてもなかよしです。ぼくたちがおしゃべりしながら、サラサラ笑っていたら、南から来た風さんがやさしくゆらしてくれました。

ぼくたちは、若い緑の葉になりました。


何日か雨の日が続きました。

大雨が降っても、大風が吹いても、でもぼくたちはへっちゃらです。すぐに手を離したり飛ばされたりはしません。ぼくたちの力は、もう充分にいっぱいです。


夏です。

お日さまはもっともっと元気になります。

ぼくたちも、どんどんどんどん大きく強くなりました。

「地面の中からセミの子たちが出てきて、お母さんの太い幹をゆっくりはい上がってきたよ」と下の方のみんなが話しているのが聞こえます。

ぼくのそばにも、すっかり立派な羽を持ったセミさんたちが飛んできて、元気よく鳴き始めました。

セミさんたちが話しています。

「ぼくは今、楽しくて、うれしくてたまらないよ」

「初めてのことばかりだわ。私たちは飛べることが出来るのね。最高だわ」

「どこまでも広がる青い空。明るい光。外の世界は、なんて気持ちが良いのかしら」

「今までずっと一人でだまって土の中にいたけれど、これからはみんなと大きな声でいっぱいおしゃべりできるぞ」

セミさんたちは、大きく羽を広げて飛んでいきました。

「ここは、涼しいねえ」

ベンチに座っている、おばあさんの声も聞こえてきました。

ぼくたちを見上げています。

「こんなに暑い日には、ここの木かげは何より何より。本当に助かるわね。ありがとうね、元気な葉っぱさんたち。お陰様ですよ」

ぼくたちは、生まれて初めてお礼を言われて、みんなうれしくてザッサザッサと喜びました。


だんだん、日が暮れるのが早くなりました。

あんなに大きかったセミさんたちの声も小さくなり、かわりに草むらから虫さんたちの声が小さく聞こえてきました。

少しすると、虫さんたちの合唱会が毎晩開かれるようになりました。みんなで虫さんたちの歌をうっとり聞きます。透き通るきれいな声です。とても落ち着いた気持ちになります。

そんなある晩でした。空には大きな丸いお月さま。街並みはお月様の光に照らされて、金色のベールに包まれているようでした。

ぼくたちの枝にキジバトさんが体を休めていました。キジバトさんは、虫さんたちの合唱を、ぼくたちと聞いていました。虫さんたちの声は、お月さまのところまでもとどきそうでした。

「この空はどこまで続いているのだろう。キジバトさんは、飛べるから知っているでしょう。キジバトさんは、空の終わりまで行ったことがある？」

ぼくは、前から知りたかったことをキジバトさんにきいてみました。

「空の終わりには行ったことがないな。空はどこまでも高くて広いから」

「空を飛ぶのは、どんな感じがするの？　こわい？」

ぼくがたずねると、キジバトさんが答えてくれました。

「フワッと体が浮き上がってね、それはとっても気持ちがいいよ。とっても楽しいよ」

「いいなあ。ぼくたちも空を飛んでみたいな」

みんなでそう話していたら、キジバトさんが言いました。

「君たちもいつかきっと飛べるよ」

「じゃあ、あのお月さまのところまで飛べるかなあ」

ぼくたちが楽しそうに話していたら、キジバトさんは優しい目をしてお月さまを見上げていました。

それから、また何日か過ぎました。

ぼくたちの体の色が少しずつ変わってきました。うすい茶色や黄色、赤っぽい子もいます。不思議なことに体がだんだん軽くなってきました。

北風さんがやってきて、ぼくたちに教えてくれました。

「君たち、もう飛べるよ」

「そうだ、キジバトさんがいつか言っていたよね。ぼくたちも、きっと空を飛べるって」

「本当かな。でも、ちょっとこわいね」

「だいじょうぶだよ。みんないっしょにならきっと飛べるよ。飛んでみようか」

「でも飛んだら、お母さんのところには、もどれないのかな」

「そしたら、お母さん、さみしいだろうね」

「でも、空を飛んでみたいな。どんな気持ちだろう。空を飛ぶって」

ぼくたちの話をお母さんが聞いていました。

「そうなのね、みんなも飛べるようになったのね。お母さんは大丈夫。みんなで思いっきり空を飛んでごらん。お母さんは、あなたたちにたくさんの生きる力をもらいました。とても助かりましたよ。本当にありがとう」

ぼくたちは、心を決めました。

「みんなでいっしょに飛んでみようよ」

かけ声は北風さんにかけてもらいました。

「いち、にの、ピューーン！」

ヒュウー。クルクル。グルグルッ。シューーッ。

ぼくは、さかさまになって何度も何度も宙返りをしました。みんなで輪になって踊りました。北風さんといっしょに鬼ごっこもしました。

キジバトさんの言っていた通りでした。空を飛ぶのは、なんて楽しいのでしょう。どこにだって行けそうです。

お母さんは、ぼくたちを笑顔で見守っていてくれましたが、少しさみしそうにも見えました。飛びながら見たお母さんは、ぼくが思っていたより、ずっと小さくてやせて見えました。

北風さんとぼくたちは、はしゃぎすぎてしまいました。道の上で一休みをしていると、ぼくたちにお母さんが言いました。

「いっぱい飛んで、いっぱい遊んでいいのよ。でもこれだけはお母さんと約束してね。降りる時は、みんな土の上に降りるのよ」

「どうして？」

ぼくたちは、なぜだか分かりません。

お母さんは続けて言いました。

「あのね、屋根やアスファルトの道の上に降りると、人はきまってこまった顔をするの。でも、土はとてもやさしいわ。寒い冬の間も、ずっと私たちを包んで温めてくれる。そうして、また春がやって来たら、新しい命を育ててくれる。そうなの、だからみんな、きっと土の上に降りてね」

「おっと、いけない」

ぼくたちは、冷たい車道の上に寝転んでいました。北風さんもお母さんの話を聞いていました。ぼくたちを舞い上げて、お母さんの根元の土の上に運んでくれました。日だまりの土はほっこりと温かでした。ぼくたちは、土の上に座って、もう一度お母さんを見上げました。

お母さんは、とても大きなけやきの木でした。

なんにも　変わっていないよ

うめは、十歳になるメスの犬だ。

ぼくは、うめのことが大好きだ。

うめのことを考えると、心の中がほかほかと温かくなってくる。

うめは、ぼくのお父さんのようで、お母さんのようで、お兄ちゃんやお姉ちゃんみたいな時もあるし、弟や妹にもなる。

ぼくの話をいつも真剣に聞いてくれる。楽しい時もかなしい時も、いつもぼくのそばにいてくれる。

首をかしげるしぐさも、黒くてつやつやに光るやわらかな毛並みも、口先と手足と尾の先が真っ白のところも、どれもみんなかっこよくて、すてきだ。

冬の朝、うめは突然目が見えなくなった。前の日まで何ともなかったのに、まったく何も見えなくなった。

糖尿病という病気のためだ。

ぼくのせいだ。うめが、喜んでくれるのがうれしくて、おやつのクッキーや大好物のさつまいもを毎日のようにいっぱいあげていたから。


うめは、慣れている部屋のテーブルや椅子に鼻や顔をぶっつけた。玄関の階段を踏み外し、庭の敷石につまずいて尻もちをついた。垣根に体がはまって身動きができなくなった。音がするほどコンクリートの壁に頭を当ててフラフラになって倒れた。

ぼくは、飛ぶように走るうめの後ろ姿を追いかけるのが好きだった。そんな姿をもう見ることはできない。思いっきり走ることも、うめはもうできない。

ぼくの顔も、見えないんだね。うめ、ぼくの顔を覚えているかい。ぼくを忘れないで、うめ。

うめの目は、もう元のようにはならないと獣医さんが言っていた。ぼくのうめは、一生何も見えないままだ。

うめ、ぼくは、どうしたらいい？

ぼくは何をしてあげられるの？

ぼくは何ができるの？


あれから、ぼくの心はずっと震えている。朝起きてから、学校に行っている間も寝ている間も、何をしていても、うめの事を考えて震えている。

暗闇の中にいるうめ。ぼくは心配でたまらないのに、うめの瞳を見つめることができない。辛くて悲しくて、逃げ出したくなる。

ごめんね。うめは、ぼくより、もっと辛くて悲しいのに。


今日も学校から帰ると、ぼくは、リビングにうずくまっているうめの方を見ないようにして、階段を駆け上がった。

ぼくの部屋のベッドに逃げ込んだ。

おい、こんなことしていたって、何にもならないじゃないか。何にもしていないじゃないか。心の中のぼくが、ぼくに問いかける。あれからずっと堂々巡り。

あっ、うめの声が聞こえる。階段の下からうめの声が聞こえる。ぼくを呼んでいる。どうしてそんなに明るい声なの。どうしてそんなに元気な声なの。

うめ、こんなぼくでも、ぼくと外に出たいのかい。出てくれるのかい。部屋の中に閉じこもってばかりいないで一緒に散歩に行こうって誘ってくれるのかい。

ごめんよ。うめ、ごめん。ぼくが、うめに心配をかけていたんだね。

行くよ、うめ。ぼく、今から行くよ。一緒に散歩に行こう。行くよ、うめ。

外はすっかり春が来ていた。やわらかな風だ。空も土も花も木も光でいっぱいだ。

ほら、もうすぐ、うめの好きなタンポポの花が咲くよ。つぼみがふくらんでいる。

そうだ。ぼくがうめの目になる。守る。そして伝えるよ。いつも一緒にいる。ずっとずっとそばにいる。ずっと一緒だよ。一生一緒だよ、うめ。

変わったのは、ぼくだった。

うめとぼくは、今までだっていつも心と心で話していたのだもの。心と心でつながっていたのだもの。これからだって、ずっと。

なんにも変わっていないよ、うめ。

晴香の夏休み

ママに起こされないで起きた。

どうしてか分からないけど、学校がお休みの日は、パッと目がさめる。

夏休みの最初の日。

いつもよりとても早く起きたみたいで、ママはまだ寝ているし、家の中も外も静かで、なんだか自分の家じゃないような感じだった。

階段を下りていくと、玄関にあるケージの中で寝ていた犬の〝シロ〟が、ゆっくり立ち上がって伸びをした。わたしを見て不思議そうな顔をした。

「シロ、今日の朝の散歩は、わたしにまかせて」

大きな声で言いたいところだったけれど、ママを起こしてはかわいそうだから、シロだけに聞こえるように小さい声で言った。首輪にリードを着けると散歩用の袋を持って、一緒に外に出た。音が響かないように、玄関の戸をそっと閉めた。

ちょっと泥棒みたいだった。

家の前の道を右に行くと〝風の道〟に出る。ケヤキの木が並んでいる道で、みんながそう呼んでいる道。

この道は公園に続いていて、歩行者専用で自動車も来ないし、前からのシロとわたしのお気に入りのお散歩コースだ。

ケヤキは小さな葉がいっぱいの木だから、秋になるとはその葉っぱが全部落ちてお掃除が大変で困るって、みんなは言っているけれど、夏には木かげをたくさん作ってくれてホッとさせてくれるから、だから、秋でも、ケヤキの葉に助けてもらったことをみんな思い出せばいいのに。この道を通る時、わたしはいつもそう思う。

その日の〝風の道〟には、早起きのおじさんやおばさん達がいて、おしゃべりしたり笑ったりしていた。

わたしは、夏の朝がこんなに気持ちがいいなんて、それまでぜんぜん知らなかった。頭も体も軽くなってくる。

公園に着くと、ラジオ体操の係のおじさん達が、準備に忙しそうだった。「そうか。ラジオ体操が始まるのね」なんてぼんやり考えながら、リードを片手に歩いていた。

その時だった。わたしは、そこから動けなくなった。

少し先のベンチに座っている男の子。その男の子から目が離せなくなった。色が白くて手足が細くて長くて。わたしと同じ年ぐらいの子。

わたし、すぐに思ったの。あの子は宇宙から来た子かもしれないって。

わたしだって、今まで宇宙人に会ったことなんてないし、宇宙人が本当にいるかなんて考えたこともなかったけれど、それでもどうして、その子を宇宙人の子だと思ったかというと、言葉ではうまく言えないのだけど、その子がとてもさびしそうだったからなの。あんなにさみしそうな子にわたしは今まで会ったことがなかったし、あんなにさみしそうな子は地球にはいないと思った。知っている人なんて一人もいないみたいで、地球にたった一人でとり残されたみたいで。だから、わたし、その子のこと、宇宙人じゃないかと思ったの。

背中を丸めて、首が折れそうなくらいにうつむいていて、両手を力なく膝の上にのせていた。青いキャップを深くかぶっていてじっと下を見ていた。

わたしは、急に胸がドキドキしてきて、その時シロとその子の前を通るのがやっとだった。だからその子の顔も見ていない。

家にもどり、外の犬小屋にシロをつなぐと、わたしはもう一度公園へ向かって走った。まだあそこにあの子がいるかどうか、知りたくて走った。

公園のあのベンチには、あの子はもう座っていなかった。

わたしはどうしてこんなに、あの子のことが気になるのだろう。

駅に急ぐ人達。遠くに走る車の音。忙しい普通の一日が始まった。

急に蒸し暑くなってきた。


「ただいま」

「おかえり、晴香。今日は、すごいね。早起きしてシロのお散歩にも行ってくれたのね。ママ、とっても助かるわ」

ママが台所から声をかけてきた。

「今日は、ホットケーキ？」

家中に甘いかおりがあふれていた。

「そう、昨日食パンを買い忘れちゃってね。晴香はホットケーキ好きでしょ」

ママがホットケーキがのったお皿を持って、楽しそうにテーブルに置いた。

「公園はどうだった？　ラジオ体操やっていた？」

「うん、やっていたみたい。けど、公園に知っている子はだれもいなかった」

「そう。みんな忙しいのかな。晴香、夏休みにはね、夏休みじゃないと出来ないことをするといいよ。どんなことでもいいからね。子供の時の夏休みって特別でね、時間がゆっくり流れている。それとね、話しても信じてもらえないような不思議な事が起きる。大人になっても忘れられないようなことが、夏休みにはあるのよね」

「えっ、ママもそんなことがあったの？　どんなこと？　教えて。お願い。教えて」

「いやだ、ないしょ。ママの大切な宝物だもの。ちょっとや、そっと教えられませんのよ。それより、晴香、この夏はシロの散歩、頑張ってくださいませ。ママはしばらくの間、お寝坊させていただきますのでよろしくお願いいたします。うれしい、夏休み。最高だね！」

久しぶりのママの作るホットケーキは、とってもおいしかった。

次の日も、同じぐらいに早く起きられた。

夏のお日さまは、わたしよりもっと早起きで、もうすっかり明るい。

「シロ、今日は、走っていくよ！」

〝風の道〟をぬけて、シロといっしょに公園に向かって走った。あの子はいるかな、あの子にもう一度会えるかな。わたしはそんなことばかり思っていた。

公園に入ると、あの子が座っていそうなベンチを目で探しながら走った。

あっ、あの子だ。あの子がいた。昨日と同じベンチにやっぱり一人で座っていた。

心臓がまたドキンとした。昨日よりもっとドキンとした。

わたしは、声をかけようか、どうしようかと迷った。けれど、でも、あの子にもう会えないかもしれない。もしそうだとしたら。

わたしはフウーッと大きく息を吐いて空を見上げた。心の中にわたしの声が聞こえた。「今しかないよ」って。

わたしは、シロといっしょに男の子が座っているベンチの前に歩いていって、そして、お腹に力を入れて言った。

「おはよう」

自分では大きな声を出したつもりだったけれど、そうでもなかったかもしれない。もっと大きな声で言えればよかったかな。でも、わたし、あの子に声をかけることが出来た。

その子が、顔を上げてわたしを見た。

青いキャップのつばと、長い前髪のせいで顔の半分はかくれていたから、顔はよく見えなかったけど、大きな瞳は思っていた通りとてもさみしそうだった。

「あなたは、いつ地球にお引越ししてきたの？　わたしは、生まれてからずっとこの地球の日本に住んでいます。もうすぐで十一年、ずっとここで暮らしています」

恥ずかしかったけどわたしは、地球人の代表だもの。モジモジなんてしていられない。すごく緊張していたけれど、このままにして放ってなんかいられないし、わたしは、もう一度お腹にいっぱい力を入れて続けた。

「わたしの家は、すぐ近くだから、何か分からないことがあったら何でも聞いてね。もし、こんなわたしでよかったらだけど……」

だけど、その子はまたすぐに下を向いてしまって、黙っていた。

あの子は地球に来たばかりで、日本語がよく分からなかったのかもしれない。お話も通じなかったのかな。

家に帰ってからも一日中ずっと、あの子のことが気になっていた。


その次の日も、よく晴れた。あの子はどうしているかな、あの子にまた会えるかなと思って、〝風の道〟をシロと公園に向かって走った。

青いキャップが見えた。ベンチにあの子がいた。あの子にまた会えた。

「おはよう」

わたしは前の日より少し大きな声で、男の子に声をかけた。

「今日はわたし、自己紹介をします。自己紹介というのは、自分の名前や自分のことを知ってもらいたい人にお話しすることです。始めます。わたしの名前は晴香（はるか）、名字は東雲（しののめ）。わたしは東雲晴香といいます。名字の〝しののめ〟は〝東の雲〟と書きます。初めて聞いた人は、みんなびっくりしたり笑ったりするので少しはずかしくなります。地球でも珍しい名字だと思います。家族はお母さんと私と、ここにいるシロです。シロは〝犬〟という動物で人間ではないですが家族です。シロは毛が白いのでシロという名前です。シロの年は十二歳。わたしより年上です。シロのお父さんは秋田犬らしくて、だからこんなに大きくて、人間の年でいうと七十歳くらいらしいけど、お散歩も好きでとても元気です」

前の日より緊張しないでスラスラ言葉が出てきて、自分でも結構うまく言えたと思った。

途中で、言葉が通じているかなとまた心配になったけれど、わたしは日本語しか話せないし、地球に住んでいるわたしのことを知ってもらいたかったから、がんばっていっぱい話をした。

伝わったのかもしれない。その子がゆっくり顔を上げてシロを見た。そして、白い長い指でシロの背中をそっとなでた。

「ぼく、犬にさわったの、初めてだよ。フカフカだね」

よかった。この子、日本語が話せるのね。普通にお話しできるんだね。

一人言のような小さな声だったけれど、とてもやさしい声だった。シロも、うれしかったみたい。ユッサユサとしっぽを振った。

「ぼくの名前は空。名字は星野。ぼくは星野空」

「やっぱり。そうだと思った」

「えっ、ぼくの名前を知っているの？」

「うん。まあ、なんとなくだけど。空君、いい名前だね」

「名前をほめてもらったのも、初めてだ。ありがとう。ぼくは、少し前にここに来た。だからぼく、何も知らない」

「そうだよね。そうだったものね。それじゃ、もしわたしでよかったら地球のこの辺を案内してあげるけど、朝ごはんを食べたら、わたし、またここに飛んでくるけど、どうする?」

「うん、ありがとう。お願いする」

空君はわたしに「ありがとう」って二度も言ってくれた。心がとたんにパアッと軽くなった。


わたしはシロを引っ張りながら全速力で走って帰って、シロをつないで、ママが冷蔵庫に用意してくれていたサンドイッチを立ったまま食べて、牛乳をゴクッと飲んで、家を飛び出した。公園まで止まらずに走った。

空君はもうベンチに座ってわたしを待っていた。空君は宇宙食でも食べてきたのかな。

空君は水色のTシャツがよく似合っている。

「遅れてごめんね」

空君が、ベンチから立ちあがった。空君はわたしより少し背が高い。

「聞きたいことがある」

待ちかねていたように空君がわたしに話しかけた。

「今聞こえているのは、何の音かな。機械みたいな音で、この辺でいつも聞こえているあの音は何の音？」

機械みたいな音。空君の言っている音のことが最初はわからなかったけれど、そう言われてみれば、公園はセミの鳴き声でいっぱいだった。

シュワ、シュワ、シュワ、シュワ、シュワ。

ジージージージー。

「ああ、あれね。あれは、セミ。セミが鳴いているの。セミの声だよ」

「セミ？　ああ、昆虫のセミ？　セミの絵は図鑑で見たことはあるけれど、ぼく、鳴く音は初めて聞いた」

空君はセミを見たことも声も聞いたことがなかったのね。宇宙から来たのだとしたら無理もないよね。空君が不思議そうな顔でケヤキの木を見上げていた。

そうだ、わたしは空君にしっかりとセミの説明をしなければいけない。セミの声がこんなに大きく聞こえているから、空君の見上げている木にもセミがいるはずだ。

わたしも空君と同じ木を見上げた。

「あっ、ほら、この木にもいるよ。下の方からずっと見上げていってみて。右と左に幹が分かれているところがあるでしょ。空君、その右の方のちょっと上の辺りにセミがとまって鳴いている。親指くらいかな。羽が震えているでしょ。空君、見つけられた？　よく見ないと分からないかも。あっ、飛んだ」

「うん。分かった。見たよ。飛ぶところもぼく、初めて見た」

空君の大きな瞳が、光っていた。上を向いている空君の顔はいい。

わたしは、セミについて空君に話をした。セミは、雄しか鳴かないこと。セミのお母さんが幹のすき間や枯れ木に卵を産んで、卵がかえると幼虫になって、幼虫は土の中にもぐりこんで木の根の汁を吸って大きくなる。それから、種類によって少し違うらしいけれど、短いので三年、長いのでは十年以上も土の中で幼虫のまま暮らして、夏になると土の中から出てきて、さっき見たような飛べるセミになる。でもそうなるとセミは、地上ではあんまり長く生きられない。

空君は図鑑を見て、そんなことは知っているかもしれないと思ったけれど、わたしの知っていることを空君に全部伝えたかった。わたしは、昆虫はあんまり好きではないけど、セミは特別で嫌いじゃないし、さわることだって出来る。

「それじゃあ、空君、セミの幼虫も見たことないでしょ。土の中にいる時のセミの幼虫ってすごい形をしているんだよ。生きている幼虫じゃないけど、幼虫のぬけがらなら、この辺にたくさんあると思うよ。すぐに見つかると思うよ」

思った通り、ベンチの後ろのつつじの植え込みの上に、セミのぬけがらが二つ、ちょこんとのっていた。

「ほら、あれがセミの幼虫のぬけがら」

空君が不思議そうな顔をした。

わたしは一つをそっとつまんで、空君の手のひらにのせた。

「軽いね。すぐにこわれそう」

「うん。セミが出てきた後だから。背中のところがパカッって割れているでしょ。ここから羽のついたセミが出てきたの。土の中でいた時はこんな形をしているけど、自分で自分の殻を破って出てくるんだよ。幼虫って本当にすごいと思わない？　それにね、ちょっと、ここ、ここの土を見て。丸い穴があいているでしょ。この穴、何だと思う？　幼虫が土の中から出てきた時の穴、セミのぬけ穴。ほら、あそこにもある。こんなに固い土なのにその中で何年も生きて、それから命がけで自分の力で土を掘って、見たこともない世界にはい上がっていくの」

「ほんとだね。すごいね、幼虫って。土の中は真っ暗だよね。ずっと一人ぼっちでいたのかな。そうか、これが、そこから出てきた穴か」

「外に出たら、自由に動けて空も飛べるし、友達もいて、自分でもびっくりするくらい楽しいだろうね」

　わたし、空君にそう言って自分でも驚いた。わたしは、今までそんなことを考えたこともなかった。

空君がまたセミのぬけ穴をのぞき込んだ。

「この穴、どのくらい深いだろう」

「すっごく深いんだよ。地球の裏側までつながっているんだって」

「えっ、だって地球の真ん中には、マグマがあるでしょ。幼虫が燃えてしまうよ」

空君の大きな瞳がもっと大きく丸くなった。

「うそです。そんなわけないでしょ。もし、そうだったら、夏になったらセミのぬけ穴で地球が穴ぼこだらけになっちゃうじゃない」

空君が、笑った。空君も笑うんだ。

「空君、いつも笑っていて」

調子に乗ってわたしがそう言うと、空君はてれくさそうにまた笑顔になった。そんな空君を見ているとわたしも楽しくなって笑っていた。

それから、わたしは、空君をわたしのお気に入りの場所に案内した。

まずは、公園の真ん中にある池の噴水。見ていると、出てくる水の様子がだんだん変わっていって、水が高くなったり低くなったり、広がったりする。水しぶきが周りまで飛んできて、特に夏は涼しくて気持ちがいい。

次に、公民館の前の庭。わたしはお花が大好きだから、咲いているお花を空君に見せてあげたかった。

夏のお日さまに向かって立つひまわりは、かっこいい。公民館の庭はそんなに広くないけれど、私たちより背が高くて私たちの顔より大きな花を付けたひまわりが一列に並んでいる。空君は、背伸びしてひまわりの花の真ん中の方までのぞき込んでよく見ていた。

ひまわりの隣には〝百日紅(さるすべり)〟の木がある。今頃になると毎年花が咲く。わたしは、この木のお花の色は特別にきれいだと思う。見ていると元気になるピンク色。それに、こんなに暑い夏の日に、しおれもしないで涼しい顔して咲いているのもいい。

「よく見るとね、花火みたいな小さな花がいっぱい集まって咲いているの」

「木にもこんなきれいな花が咲くんだね。とってもきれいなお花だね。でも、なんで〝さるすべり〟っていう名前なの？」

空君がわたしに聞いた。

「ここをさわってみて。この木、幹がツルツルしているでしょ。だから、木登りが上手なお猿さんでもこの木はすべってしまうの。だからこの名前になったんだって」

「そうなんだ。じゃあ、お猿さんもこの近くにいるの？」

「ううん、この辺には、いないけど」

「いないんだ。それなら、もっときれいな名前にしてあげたらいいのにね」

本当だよね、空君。わたしたちは、今度は二人して声を出して笑った。

お日様が私たちの真上で光っていた。汗びっしょりだったし、のども渇いていたから、続きは「またね」ということにして〝風の道〟で、空君とさよならをした。次に会う約束をすればよかったかな、と思って空君の方を振り返ってみたら、もう空君はずっと向こうにいた。空君の走っていく後ろ姿が遠くに見えた。

空君のこと、もう宇宙から来た子だなんて誰も思わない。誰が見たって地球の元気な男の子だよ。

朝から静かな雨が降っていた。

薄暗かったからだと思う。私は次の日寝坊をした。シロも雨が嫌いだから、散歩のおねだりをしなかった。どうしようかな。雨だから空君もお家にいるかな。しばらく、もやもやしていた。ママはもう起きていた。

「おはよう、晴香。今日は久しぶりの雨だね」

「寝坊しちゃった」

「ママもお寝坊だから遺伝だね。ママも大事な時にポカッっと寝坊しちゃうことがあってね。今でもそんなでお恥ずかしい。晴香、雨の日のお散歩もいいものらしいよ。これからでも行ってみたら」

ママはわたしの心の中まで見える。

一人で外に出た。まだ霧のような細かい雨が降っていた。わたしはパーカーのフードをかぶって、傘を差さずに歩いた。

自分に言い訳をしながら、周りのせいにしながら、何もしないで過ごしていくのはもうやめよう。歩きながらそう思った。

雨の公園は、セミの声も聞こえない。散歩をする人もいなかった。昨日までとは全然違ったところを歩いているみたいだった。

空君はいるかな、待っていてくれたらうれしいな、と思っていた。

もしかしたら、空君は〝雨〟を初めて見たのかな。だから、雨を見てびっくりして家の中でじっとしているのかもしれない。空君に雨のことも話しておけばよかったかな。いろいろ考えていたら、なんだか足が重たくて、いつもみたいに早く歩けなかった。

空君のベンチが見えてきた。けれど、空君はいなかった。辺りを見回してみたけれど、空君はいなかった。しばらくの間ベンチのそばにいたけれど、空君には会えなかった。

仕方なく帰ろうとした時、わたしはベンチの隅に光るものを見つけた。星の形をしたバッジ。空君のキャップに着いていたバッジだ。雨にぬれて光っていた。

空君は、雨の中でわたしを待っていてくれた。どのくらい待っていてくれたのだろう。空君、ごめんね。起きた時、すぐに家を飛び出してくれば会えたかもしれない。

ごめんなさい、空君。

わたしは、ポケットにそっとバッジを入れた。今度会った時、空君にあやまって必ずバッジを渡そうと思った。

その日は一日中雨だった。

次の日は、真夏の空がもどり、青い空と白い雲が広がっていたと思う。

わたしは、いつもよりもっと早く起きてシロと公園に走っていった。でも、どうしてかな、空君には会えなかった。急な用事でも出来たのかもしれない。

次の日もその次の日も、わたしは早起きして空君のベンチの前に走っていった。けれど、空君には会えなかった。

雨が降った日もわたしは、公園に行ってみた。やっぱり空君はいなかった。

公園のラジオ体操が終わった。だからではないけれど、わたしはまた早起きしなくなって、公園にも行かなくなった。

暗くなるのが急に早くなったように感じた日の夕暮れ、〝風の道〟でカナカナゼミの鳴く声を聞いた。

わたし、空君にもっとたくさんいろんなことを話せばよかった。いろんなところを案内してあげたかった。特別なことでなくても、すぐそばにあるきれいでかわいいものや心がスッとして楽しくなる、そんなものやそんなことをたくさん伝えればよかった。そして、空君と一緒にいっぱい笑うの。今度会えたら絶対にそうするからね。

空はあかね色に染まってとてもきれいだったけれど、見上げていたらと寂しくなった。

新学期が始まった。

ママが、新しい上履きを用意してくれた。

「晴香、お誕生日おめでとう。今日から十一歳ね。すてきなことがいっぱいの一年になるといいね。さあ、行ってらっしゃい」

ママはどんな時も笑顔でわたしを見送ってくれる。

ありがとう、ママ。

お休みの後の学校はいつもそう、特に長いお休みの後の学校は、わたしはすごく緊張する。みんなに会うのも何だか恥ずかしい。

昇降口で、同じクラスの百合ちゃんに会った。百合ちゃんは、くつ箱の前で上ばきに履きかえていた。

「おはよう」

わたしは、百合ちゃんの後ろから声をかけた。

百合ちゃんは、ちょっとびっくりしたように振り返った。

「おはよう、晴香ちゃん。晴香ちゃんから〝おはよう〟って言ってくれたの、初めてかも」

百合ちゃんはそう言ってニコッとして「一緒に教室にいこう」と、わたしの手をひいてくれた。

「ありがとう。百合ちゃん」

わたしは百合ちゃんと教室に入った。

百合ちゃんに会えてよかった。


教室では、夏休みに家族と出かけたこととか、けがをして大変だったとか、みんないろんなことを大きな声で話していた。

隣の席の男の子が、海に行った時のことを楽しそうに話していた。机の周りに何人か集まってきた。わたしはみんなに「おはよう」と声をかけた。そして、男の子の話をみんなと一緒に聞いた。

わたしは一学期のように、黙って下ばかり見ていたり、一人で窓の外を見ていたりしない。わたしは、みんなといっぱいおしゃべりをして、いっぱい楽しいことをする。みんなと一緒にいっぱい笑うの。


始業式の後、学年の先生から転校生の紹介があった。

空君に何年生なのか聞くのを忘れてしまったけれど、近くに引っ越してきていたのなら、わたしと同じ小学校に入ってくるかもしれない。だったら、空君に会える。そして、もしかして同じクラスになれるかもしれない。あれから、わたしはそんなことをずっと思っていた。けれど、転校生の中に空君はいなかった。

わたしは、ポケットの中のバッジをにぎりしめた。

二学期の始まりの日の学校は、午前中までだった。

朝はあんなに天気がよかったのに、家に着いたとたんに空に黒い雲が広がって、空気がムウッとしてきて、家の中が夕方みたいに暗くなった。すぐに大粒の雨が降り出してきた。

久しぶりの学校は、やっぱりとても疲れた。スクールバッグを玄関に放り投げたまま、わたしはソファーに寝転んだ。

外はどしゃ降りになった。屋根や窓にあたる雨粒の音。遠くに雷の音が聞こえる。

空君は今どこにいるのだろう。今、どうしているだろう。

空君は、わたしに「ありがとう」って言ってくれた。わたしは、空君に「ありがとう」って言わなかった。わたしも「ありがとう」って言えばよかったな。わたし、空君のおかげで楽しいことや気付いたことがたくさんあったよ。空君の笑顔がまた浮かんできた。もう、空君に会えないのかなと思ったら悲しくなった。

「チルルン、チルルンルン」

耳もとで携帯電話が鳴った。ママからだった。いつの間にか眠っていた。

「晴香、外を見てごらん。空からのすてきなお誕生日プレゼントよ」

外はすっかり雨が上がって、太陽が光っていた。

大きな虹が出ていた。七色のアーチが青い空いっぱいに広がっていた。

急いで二階へ上がりベランダに出た。いままで見たどの虹よりもずっときれいな大きな虹だった。雨が家々の屋根を洗い流して、雨上がりの涼しい風が吹いている。

空君も、今この虹をきっと見上げている。

「空君、ありがとう！　本当にありがとう！　空君のこと、わたし、絶対に忘れないよ。空君、また会えるよね。きっと会おうね」

わたしは、空に向かって両手をいっぱいに広げた。
七色に染まった風に乗って、あの空の虹まで飛んでいけそうな気がした。

君も　きっと

たしか、小学校の四年生の時だったと思います。

晴れた冬の日でした。

学校の裏庭に面して建っていた理科室は、少し湿ったにおいがしました。

午後の授業は、いつも頭がボーッとします。

「今日は、君たちに顕微鏡の使い方を教えよう。とても高価なものだから大切に使わなければいけないぞ」

――高いから、大切に使わなければいけないのかな――

ぼくは、ついそんなことばかりが気になってしまうのです。

先生は、レンズの使い方やのぞき方や標本のスケッチの仕方と、色々と説明していたようでしたが、肝心なことは、ぼくは全く聞きもらしてしまいました。

「一人に一台ずつ渡すから、取りに来るように」と先生が話したらしく、それにぼくが気づいた時には、先生の机の前にはずいぶんと長い列ができていました。先生は、新品の顕微鏡から順に手渡していったようで、最後に並んでいたぼくの顕微鏡は、どうやらこの学校で一番古いもののようでした。

渡された顕微鏡のケースは、どこから眺めても古くさくてボロボロでした。でも、生まれて初めて触れた顕微鏡はとてもすてきでした。両手でしっかり抱えながら、ゆっくりゆっくりと席にもどると、みんなはもう、机の上に配られていたジャガイモのでんぷんの標本プレパラートを器用にクリップにはさみこんで、スケッチを始めていました。

サラサラと、えんぴつを走らせる音。ぼくは、やっとケースから顕微鏡を取り出すことができたのですが、それは、思っていた通りさびだらけでした。

―前に使ったのはいつ頃だったのだろう。本当にちゃんと使えるのかな―

見よう見まねで、鏡やレンズを動かしてはみたのですが、見えるのは黒い丸だけでした。

ぼくはいつもとても無口で、先生もみんなもそう思っていたので、「ねえ教えて。

使い方がわからない」と、その時もやっぱり言い出せなかったのです。

少しすると、先生にスケッチを提出する子もでてきました。ほめられているのでしょうか、先生と楽しそうに話をしています。そんなのを見ると、ぼくは頭の中が熱くなってしまって、心臓の音が体中に響いてきて、それに合わせて耳が大きくなったり小さくなったりしているみたいで、もうどうしたらよいのか分からなくなってしまいました。

授業の終わりを告げるチャイムが鳴りました。

「今日は、描き終わったものから、そのまま帰っていいぞ。顕微鏡は元の通りにケースにしまって、前の教卓に置いておくように」

と、先生が言いました。

一人二人と理科室から出て行き、やがて、とうとう理科室にはぼく一人になってしまいました。

先生は、そんなぼくをしばらく困ったように見ていましたが、

「これから会議がある。終わったら、ノートを置いて早く家に帰りなさい」

そう言うと、理科室から足早に出ていきました。

一人ぼっちです。

でも、そうなればなったで、かえってぼくの気持ちは楽になりました。ぼくは、顕微鏡を一生懸命にのぞいているふりをしていただけでしたから。もうだれもいないのです。そんなふりをする必要もないのです。

授業が終わってから、だいぶ経ったのでしょう、西の窓から輝く光が長く射し込んできました。冬の夕日は、柔らかくて優しい光です。ぼくはこの時間が好きでした。

あかね色に染まっていく理科室。ぼくも体ごと夕日に包まれているようでした。

スケッチはもうとっくにあきらめて顕微鏡の前に座っているだけのぼくでしたが、フワッと考えがうかんできました。

――そうだ。夕日の光がいっぱいの今なら、もしかしたら、ぼくにも見えるかもしれない――

ぼくにしては、なかなかの思いつきでした。少しだけいつもと違うぼくでした。

ぼくは両手で顕微鏡を抱えて置き直すと、背筋を伸ばし、「よしっ」と顕微鏡をのぞきました。

「あぁ……」

見えたのはやっぱり、黒い丸だけでした。

――だめだ。もうだめだ。明日、先生に何て言ったらいいのだろう――

クラスのみんなにも、また笑われるに違いありません。涙があふれてきて、黒い丸もぼんやりにじんでユラユラとゆれました。

その時です。

「あれっ」

顕微鏡の中が、パッと明るくなりました。そこに豆粒ほどの黒い小さな点が見えました。これがジャガイモのでんぷんでしょうか。違います。違いました。それは動いています。

右から左に。左から右に。上に行ったと思えば下に。顕微鏡の中をとても速く飛びまわっています。

どんどん大きくなって、ぐんぐん近づいてきます。

「うわぁ」

ぼくは、あんまり驚いて大きな声を出してしまいました。

魔女です。ほうきにまたがった魔女です。あっという間です。もうそばまで来ていました。

丸の中は、すぐに魔女の顔でいっぱいになりました。三角帽をかぶって、しわしわの顔で、高くて曲がった鼻で。魔女って本当にいたのです。

また頭がボーッとしてきました。

――夢かもしれない――

ぼくは、いったん顕微鏡から目を離して、大きく深呼吸をして、目をこすって、もう一度ゆっくり顕微鏡をのぞいてみました。

魔女が上手にほうきに乗って、ニコニコ笑いながら、ぼくに手をふっているではありませんか。口をパクパクさせながら、ぼくに何か話しかけているように見えます。

でも、ぼくには、何も聞こえてきません。魔女も困っているようでしたが、「そうだ」というように顔の前でパンと手をたたくと、黒いマントの中から、ゴソゴソと黒い画用紙と夕日色に輝くペンを取り出し、何やらサラサラと書くと、ぼくに見えるように画用紙を裏返してくれました。

画用紙には、『のぞいている穴に、耳を近づけてごらん』と、書いてありました。

ぼくは、その通りにレンズに耳を近づけてみました。魔女の声がはっきりと聞こえてきました。こわい顔のわりには、明るくてやさしい声でした。

「聞こえるかい。よかった。あたしはね、この小学校にずっとずっと前から住んでいる、おせっかい魔女。すっかりおばあさんになってしまって、しわしわになってしまったけれど、こわがらないでおくれよね。あたしは、おまえさんを遠くからいつも見ていたんだよ。でも、今日はどうしても会いたくなってね、会わずにいられなくなってね、とうとう夕日に乗ってここにやって来たっていうわけね」

やっぱり、ぼくは、夢を見ているのでしょうか。

魔女の話は続きます。

「ほらほら、そんなにびっくりしないでおくれ。おまえさん、一人でずっと顕微鏡をのぞきこんでいたね。疲れたろう」

ぼくは、コクンとうなずきました。

「でもこう思っていなかったかい。ぼくなんか出来やしないって」

その通りでした。

「おまえさんや、もっと自分を信じてあげようじゃないかい。みんなが出来ていようがそんなことは関係ない。比べてばかりいるとね、いつの間にか自分がいなくなってしまって、自分がわからなくなってしまうよ。いろんなことを考えることが出来るから迷ってしまうのだろうね。でもね、あたしは、おまえさんのような子が大好きさ。おまえさんも自分を好きになってあげようかね。自分を励ましてあげられるのは自分だけなんだからね」

胸の辺りが、ポッと温かくなりました。

ぼくは、しわしわの魔女の顔がもう一度見たくなって顕微鏡をのぞきこみました。見えたのは、ほうきに乗って遠ざかっていく魔女の後ろ姿でした。ぼくに気づいてくれたのでしょう、ちらっと後ろを振り向くと大きく手を振って、また豆粒になって点になって遠くに消えていきました。

場面が変わったかのように見えてきたのは、透明な大小の細長い丸でした。いつか図鑑で見たことのあるジャガイモのでんぷんでした。

ぼくは、一生懸命にそれをスケッチしました。なにも考えずに、ぼくが観ているその通りにノートに描き写しました。

描き終わるのを待っていてくれたように、夕日が沈んでいきました。

ぼくは、顕微鏡を丁寧にケースにしまうと、教卓の上に置き、薄暗い理科室を出ました。

次の理科の時間、先生は一人一人の名前を呼びながらみんなにノートを返しました。

ぼくの名前を呼んで、先生が言いました。

「君のスケッチは、とても正確に描かれているね。よく描けたね。すばらしい」

みんながいっせいにぼくを見ました。こんなことは、ぼくもみんなも初めてのことだったからです。

それからのぼくは、先生に急にあてられた時でも、だんだんとドキドキしなくなってきました。先生の話もスーッと頭の中に入ってくるようになって、自分から手を挙げて発表することも出来るようになりました。魔女の顔を思い出すと、いろんなことがこわくなくなりました。

今でも、ぼくはうまくいかなかったり失敗することも、たくさんあります。でも、そんな時でも、ぼくは自分のことを嫌いではなくなりました。クラスのみんなともいっぱい話をして、いっしょに笑って、毎日楽しい気持ちになりました。

もし君が今一人ぼっちで、消えてしまいたいと思うほど寂しい時があるのなら、君のところにも魔女がやってきます。

光に乗って。風に乗って。

雨粒の上に。花の上に。

君のそばにいて、会える時を待っています。
君もきっと、魔女に会えます。

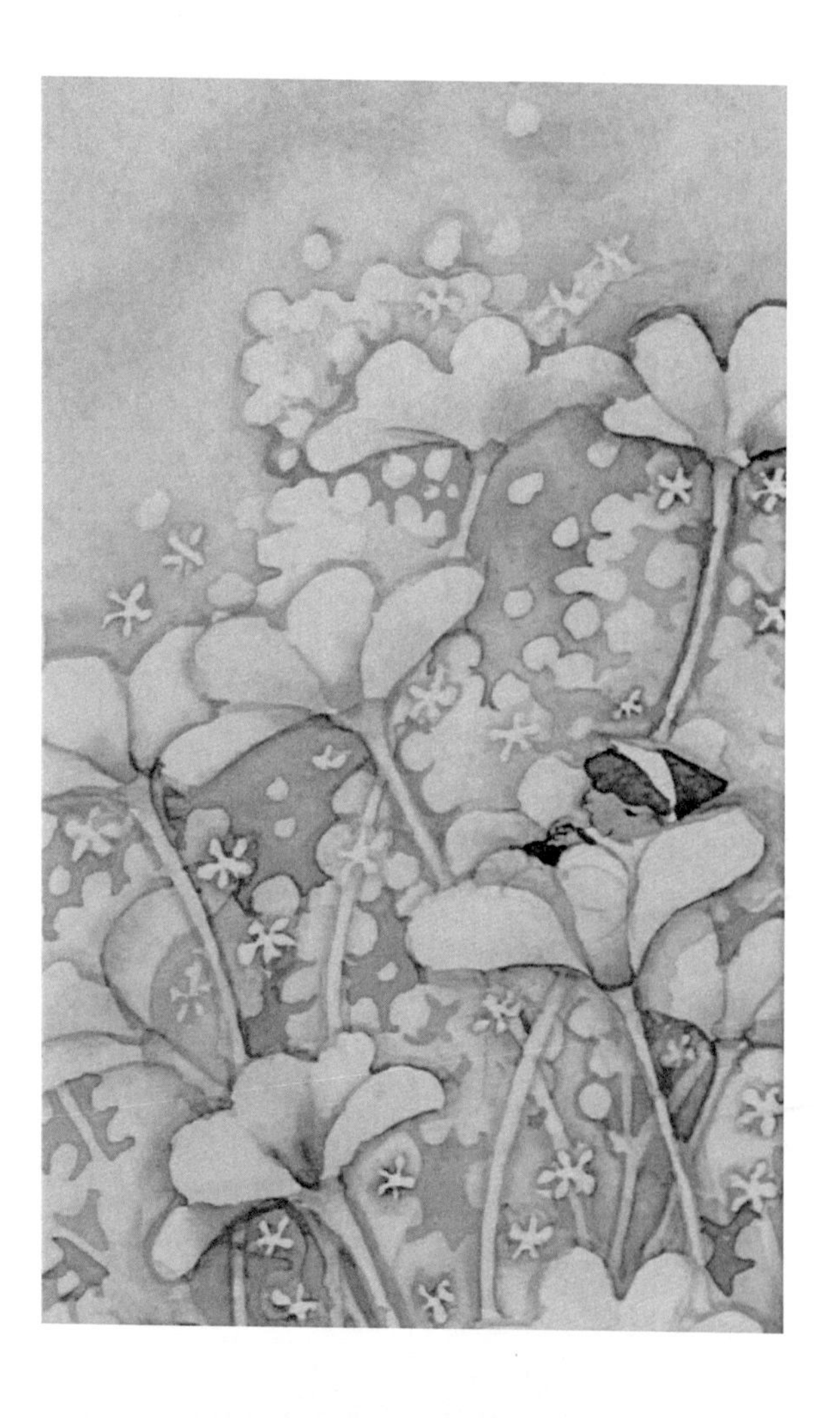

コンビニ前の公衆電話

コンビニの入り口の横に、一台の公衆電話がありました。

コンクリートの柱の上に雨風がしのげるだけの透明ケースに入れられた、緑色の電話です。

十年くらい前までは、電話をかける人もいましたが、近頃は使う人はめったにいません。ですから、この辺りのコンビニの前から公衆電話は次々と取り外されていきました。

そして、とうとう、最後の一台になりました。

それが、この公衆電話でした。

コンビニは大通りに面していましたから、前を行き来する人も車も多くて、ケースはほこりだらけでした。

―　前みたいに、みんなのお役にたちたいな　―

公衆電話はいつもそう思っていました。

昼間の暑さがまだ残る、夏の夕べのことでした。

女の子がひとり、公衆電話のそばにやってきました。女の子は背伸びをすると、手を伸ばして受話器を取り耳にあてました。

―やっとお役にたてるのですね。さあどちらにおつなぎしましょう―

公衆電話は耳をすましました。

ところが、女の子は番号のボタンも押さずに、そのまま、ぽつりとぽつりと話し始めました。

「もしもし、電話さん。わたし、今ママに

とっても会いたいの。

そばにいたいの。ママは田舎のおじいちゃんの看病にいってるから会えないの。でも、わたし、ママに会いたいの。だから電話さん、どうか、早くママに会わせてください」

女の子は、受話器をもとにもどすと、くちびるをギュッとかみしめました。

今にも涙があふれてきそうです。

公衆電話は、さあ困りました。

遠ざかる女の子の小さな後ろ姿を見送りながら、どうしたら女の子をママに会わせてあげられるのか考えました。でも、公衆電話は動くことも話すこともできません。

公衆電話は、空を見上げました。薄暗くなりかけた空にはお星さまが光り、丸いお月さまも顔を出していました。

公衆電話は、お星さまとお月さまに一生懸命にお願いをしました。

―　おじいちゃんの病気がよくなりますように。そしてママが早く女の子のところに戻ってこれますように　―

公衆電話は心から祈りました。

街の中のコンビニには、朝早くから夜遅くまで次々とお客さんがやってきます。そして、いつだってお客さんは急いでいます。公衆電話には気にもとめず、足早に前を通り過ぎていきました。

あの日からも何も変わらない毎日でしたが、公衆電話はずっと女の子のことを思っていました。

夕焼けがとてもきれいな日でした。街並みの向こうから、楽しそうにスキップをしながらやってくる女の子が見えました。

あの女の子でした。女の人も一緒です。

「ママ、アイスクリーム買ってね」

女の子はママと会えたのです。

女の子は、公衆電話の前で立ち止まると、ママを見上げて言いました。

「ママ、わたしね、ママに早く会わせてくださいって、この電話さんにお願いしたのよ。お留守番が続いていて、おじいちゃんのことは心配だったけど、わたし、とってもさみしかったの。そしたらね、電話さん、お願いをきいてくれたの。すごい力があるんだよ」

「そうだったの。さみしい思いをさせてごめんね。おじいちゃんが早くよくなったのも、きっと電話さんのおかげかもしれないね。ありがとう、電話さん」

公衆電話は、とてもうれしい気持ちなりました。

季節は、一日一日と過ぎていきます。

空をながめ、風にふかれる公衆電話には、それがよくわかりました。暗くなるのが急に早くなり、前の駐車場のすみからも、小さく虫の声が聞こえてきました。

やがて、そんな虫たちの声もとうに消えて北からの風が吹くある晩のことでした。

公衆電話は夜の空を見上げながら、女の子とママの笑顔を思い出していました。

公衆電話は、あれからずっと、だれにも話しかけられていませんでした。厚い雲が空をおおっていました。どんより冷たい夜でした。

公衆電話の前に、ゆっくりゆっくり近づいてくる人影がありました。つえをついたおばあさんです。

―こんな夜更けに一人ぼっちでいったいどうしたのかな―

公衆電話はおばあさんのことが心配になりました。

おばあさんは、コンビニに用があるというふうでもなく、何度か入り口の前を行ったり来たりしていましたが、やがて公衆電話の前で立ち止まりました。

おばあさんは、しばらく下を向いたままじっとしていましたが、一度大きくうなずくと受話器を両手でそっと取り、耳にあてました。

「もしもし、恐れ入りますが、どなた様か、私の家を教えていただけませんでしょうか」

今まで会ったことのないおばあさんでした。おばあさんは、こんな寒い夜なのに靴下もはかずに素足にサンダルです。コートも着ていません。

「主人が迎えにきてくれればいいのですけれど、それが……。どこに行ってしまったのか、この頃はいつも家にいなくて、ずっと会えないのです。とても心細くて、さみしくて。声だけでも聞くことができたら、どんなにか心強いのですけど」

受話器を持つ手も、サンダルの先からのぞく足先も寒さで紫色です。

――おばあさんのお家はどこなのだろう。どうしたら、おばあさんをお家に帰してあげることができるのだろう――

公衆電話は、おばあさんのことで何か知っていることはないかと一生懸命に思い返してはみましたが、思い当たることは何も浮かんできませんでした。公衆電話はどうしたらよいのかわかりませんでした。公衆電話は動くことも話すこともできません。

でもその時、公衆電話は女の子の言葉を思い出しました。

『電話さん、お願いをきいてくれたの。すごい力があるんだよ』

そうでした。あの夏の日、公衆電話は女の子がママに早く会えますようにと、お星さまとお月さまにお願いをしたのでした。

でも困ったことに、今晩は曇り空。あの日の夜のように輝くお星さまにも丸いお月さまにも会えません。

それでも、公衆電話は暗い空を見上げました。

――おばあさんがお家に帰れますように。ご主人の声がおばあさんに届きますように――

公衆電話は心から祈りました。

すると、受話器を持つおばあさんの顔が、咲き始めたお花のようにパッと明るくなりました。

「あら、お父さん、その声はお父さんですね。よかった。いらしたのですか。お変わりないですか。私ね、道に迷ってしまいましてね。それは心細くて。さみしくて。……はい、……ええ、わかりました。コンビニの横の道をまっすぐに行くのですね。お父さん、ありがとうございました。本当に助かりました」

おばあさんは、とてもうれしそうでした。

おばあさんは両手で受話器を置いて、それから公衆電話に向かってゆっくりおじぎをすると、またつえをつきながらコンビニの横の道に向かって歩いて行きました。

そこに、女の人が走り出てきました。

「お母さん、ここにいたの。よかった。心配したわよ。ああ、無事でよかった。ああ本当によかった」

女の人は、持っていた毛糸のショールでおばあさんの肩をやさしく包みました。

「お家に帰ろうね」

おばあさんは、小さくうなずきました。

おばあさんは、一人ではなかったのです。寄り添う二つに影は、やがて闇の中に静かに消えて見えなくなりました。

― お星さまとお月さまは、雲の上でもお願いをきいてくれたのかな ―

公衆電話はまた一人空を見上げました。

すると、ふわっふわっと、白いものが落ちてきました。

雪です。雪は公衆電話のケースの上にひとつ、またひとつと、とまりました。

「公衆電話さん、お星さまとお月さまがお話ししていましたよ」

「あなたを見ていますよ、って」

「あなたの声を聞いていますよ、って」

雪たちがそうささやいてくれたように、公衆電話には思えました。


雪は静かにそっと消えました。

ほんの少しの間の初雪でした。

こころ

ぼくは、小さい頃、死ぬことが怖くてたまりませんでした。死んだらどうなるのかなと考えていると、眠れなくなりました。

まわりのみんなはいつも楽しそうで、死ぬことなんて一度も考えたことがないみたいでした。

だから、ぼくも出来るだけ考えないようにしていたら、少しずつみんなと同じようにいられるようにはなりました。


小学校五年生の時、おじいちゃんが死にました。前の日もぼくと遊んでくれて、お風呂も一緒に入ったのに。

おじいちゃんは、いつもぼくのことを「大好きだよ」と言ってくれました。

おじいちゃんは、ぼくの前から消えてしまった。「大好き」と言ってくれたおじいちゃんの心も一緒に消えてしまうのかな。そう思ったら、ぼくはとても悲しくなりました。

でも、そうではありませんでした。おじいちゃんの笑顔もあの声も、そして優しさもぼくの心に残りました。


中学生になって、『人体のつくり』という理科の授業がありました。

ぼくは先生や同級生とうまく話せない生徒でしたが、その時はどうしても訊きたいことがあって、教室を出た先生を追いかけました。

「先生、心は体のどこにあるのですか」

先生は、初めて聞くぼくの声に驚いたようでしたが、ぼくの目を見て真剣に答えてくれました。

「先生にもわからない。心は脳の中にあるという人もいる。確かに転んで怪我をした時は、痛みは神経を通って脳に伝わる。でも心の痛みはそんなものとは違う。心の痛みは、もっと深いところに伝わり、ずっと残り続ける。忘れようにも忘れられない痛みだ」

ぼくは、この先生が好きになりました。ぼくのことをわかってくれたように感じたからです。

今、ぼくは、こんなことを考えています。

心は、今までその人が思ったり感じたりしたことが合わさった、その人の今までの〝生き様の結晶〟のようなものではないかと。

楽しいと思ったこと、悲しいと感じたこと、寂しかったこと、嬉しかったこと。大声で怒鳴りたくなった時や一人で涙した時のそんな時々の想いの全てが、だんだんと合わさって、そして、その人だけの色と輝きを持つ心を作り上げていく。

〝結晶〟というと固くて石のように想うかもしれないけれど、ぼくのイメージでは、心は時によって大きさも形も自由に変わる柔らかなものです。

それと、ぼくが思うには、心は厄介なところがあります。それは、その人が思っても願ってもいないのに、フワフワとその人から離れてしまう時があるということです。

どんな時かというと、例えば、忙し過ぎた時や嬉しくて舞い上がってしまった時や悲しい時なんかにも。心が離れてしまうと、「どうしてあんなことを言ってしまったのだろう」とか「どうしてそんなことにしてしまったのだろう」とか、後になって自分でも自分がよくわからなくなってしまいます。ぼくの場合、それはよくあることで、後からとても恥ずかしくなって、じっとしてなんていられなくなってしまうほどです。

人はそうして心を作りながら生きていって、いつかその人が死んだ時、心はパァーンとはじけて飛び散る。心のかけらは、残された人達の心の中に飛び込んでくる。体は亡くしても、その人が一生かかって作り上げてきた心は、誰かの心の中にちゃんと残り生き続けていく。ぼくを愛してくれたおじいちゃんの心が、ぼくの心の中にいつもずっと在るように。

そんなふうに考えていたら、ぼくは、人はいつか死ぬということも、そんなに怖いことではないような気がしています。

ぼくは、たくさんの人に出会っていろんな話をして、自分の心を大切にするのと同じぐらい周りの人の心も大切にして、楽しいことばかりでなくてもいいから色々な経験をして生きていきたいと思います。

そして、どんな時もぼくの心に語りかけながら、いっぱい思っていっぱい感じて、ぼくにしか作れない明るくて澄んだ色の心を作っていこうと思っています。

紙ひこうき

—正月の空は
　どこまでも明るく澄んでいて—

「天候に恵まれました今年のお正月。今年は今日の天気のように穏やかな一年になってほしいものですね」

つけっぱなしのテレビから、晴れ着姿のアナウンサーの高い声が聞こえている。

「今年のあなたの抱負を訊かせてください」

人ごみの中でのお決まりのインタビューが続く。

少し前に翔の父親と母親が妹を連れて、近所の神社に出かけて行った。初詣に行くと言っていたが、翔には暇つぶしとしか思えなかった。

「お前も合格祈願に行くか？　気分転換にどうだ？」

父親はそう言って翔を誘ったが、翔が答える前に母親が早口で答えた。

「翔はね、塾の宿題があるから行かないわよ。たくさんあるのよ。明日からもう塾が始まるし。翔は今、本当に大変なんだから」

母親の横で妙に笑顔の妹が、ソファーに寝転ぶ翔の顔を覗き込んだ。

「お兄ちゃんの分まで、いっぱいお願いしてきてあげるからね。お兄ちゃんの行きたい高校に受かりますように、って」

妹は何て脳天気で可哀そうなやつだと翔は思った。妹も来年の今頃は、中学受験の冬期講座を受けさせられているに違いないのだから。

玄関の扉がガシャンと響き、三人の笑い声と足音が小さくなって消えた。


翔は一人リビングに残された。

宿題をやらなくてはならないことなど分かりきっているのだが、全くやる気になれない。考えるだけで体も頭も重くなった。

わざとらしい笑いのテレビを見たくもないのに見ている情けない自分にみじめさが

増した。翔は床にだらしなくもつれたテレビの電源コードを力まかせにコンセントから引き抜いた。だれもいない部屋は静かで静かすぎて、耳の奥まで痛くなりそうだった。翔の机の上は、問題集や宿題プリントが崩れそうになって積み重なっているのだ。見たくもない。拒絶する自分を押し殺して翔はリビングを出た。

重い足と心を引きずりながら、翔は自分の部屋のドアを押した。

――どうした？　なんで？――

部屋は静寂とやわらかな光に満ちていた。翔の部屋はいつもと全く違う空間に置き換わっていた。

昨日まで鬱々と忙しなかったこの部屋は、今は時間さえも止まっているかのようだった。

翔はうろたえた。

――僕の部屋は、こんなにも僕を穏やかに迎え入れてくれているのに、ぼくはそこに立っているというのに、それなのにどうして僕一人が追い立てられて藻掻いているのだろう――

頭の中がカッと熱くなった。翔はじっとしていられなくなって、ベッドに寝転ぶこ
とも椅子に座ることさえも出来ず、部屋の中を歩き回った。

――落ち着けよ、お前。いったいどうしたんだ？――

翔は自分の中で何が起きているのか自分でも分からなかった。ただ果てしなく大き
い重圧的な何かに飲み込まれそうになっていく自分を感じて震えていた。

翔の部屋は、この辺りで一番高いタワーマンションの十五階にあった。三年前の春
に引っ越してきた時は、遠くまで見渡せるこの景色が気に入りはしゃいだ。まるで雲
の上の神様の子になったような気がした。

中学に入った頃からか、翔は窓の外の景色を見ても何も感じなくなって、学校の行
き帰りの時も、空を見上げることはなかった。

三年生になり校庭のイチョウの葉が色付き始めると、翔はテスト、テストの日々に
追われた。点数と偏差値だけの世界に閉じ込められた。

「二学期の成績は今までのとは違うぞ。内申書に直結している」

「一点の差で合否が決まる」

「迷うな。合格だけを考えろ」

「ひとつ上のランクの進学校を目指せ。人生が決まる」

学校でも塾でも友達との会話でも、同じような話ばかりを聞かされた。

塾ではテストの度に細かくクラス分けをされ、確かな根拠のない優劣をつけられ、学校ではクラス中の皆が内申書を少しでも良くするために表と裏をしたたかに使い分け、皆同じような良い生徒になることに奔走した。翔もその中の一人、例外ではなかった。


部屋の中で、翔の指先は小刻みに震えていた、指先ばかりか波の中にいるような感覚に襲われていた。

だが、定まらない翔の瞳に遠く窓の外に広がる山並みが映り込むと、視線がそこで止まった。翔はその景色の中に吸い込まれて溶けていくかのように、急に体から力が抜けていった。

―僕は、なんでこんな気持ちになったのだろう。僕は人と自分を比べて自分も人に比べられて、不安になったり安心したりして。そんな毎日に慣れてしまっていたからかな。いつも誰かの目を気にして、誰かの言うことを当たり前ように納得した顔をして生きていたから。自分が自分でも分からなくなってしまって、自分の本当の気持ちさえも見失ってしまったのかもしれない―

翔は、窓際に立ち、ぼんやり外の景色を眺めた。

―高校って行かなければいけないのだろうか。僕は高校に行って何がしたいのだろう。受験まであと少しだという今も、ぼくはそんなことも分からないままでいるのに―

―偏差値の高い高校に進学するのがいいって、周りのみんなが口をそろえて言うけれど、どうしてだ。偏差値の高い高校はそんなにいい学校なのだろうか。いい学校かどうかなんて入っていなけりゃ分からないじゃないか―

―でも、分からないだらけの中でやっと決めた希望の高校にだって、受かるかど

うかなんて分からない。そこで何をしたいか考えろと言われたって。無理だ。受から
なければ考えたって無駄になるだけだ　―

翔の心が次々と叫び声をあげた。

その声はグルグルと回り続け、止めてくれない。翔の心が、大声で叫んだ。

―　ぼくは何のために生きているの。比べられて生きていくのはもう嫌だ！　もう
嫌なんだ！　―

窓越しの新しい年の空に、白い鳥が一羽、羽を大きく広げて飛んで行くのが見え
た。翔はあの鳥のように自由に空を飛んでみたいと思った。

翔は今なら飛べるような気がした。背中の奥の方からムクムクと翼が生え出てき
て、その羽を大きく広げるのだ。

―　今、僕が、あの鳥のように空を飛んで高く昇っていったら、帰ってきた母さん
はびっくりするかな。母さんだけじゃない、父さんだって妹だって。部屋にいるはず
のぼくがいなくなったのだもの。それとも、「またサボって、どこかに出かけたのか
しら」なんて、母さんは、ちっとも心配なんかしないかもしれない　―

翔は、やりかけのプリントをにぎりしめて、ベランダに立った。

それでも、正月の空はどこまでも明るく澄んでいて、目の前に広がる大空は少しも慌てず落ち着きはらっていて、翔のほほを撫でる風は柔らかく、ふりそそぐ光は優しすぎた。

空。風。光。

翔はその全部に包まれ、その全部を感じたいと思った。

翔は、空に向かって両手を広げ目を閉じた。翔の瞼に映ったのは、太陽にも似た温かな色だった。それは翔の血潮。翔の体を巡り続ける命の色だった。

―　僕は生きている。生きている僕。僕は今僕として生きている　―

翔の目から涙が溢れた。それは誰のものでもない、翔の内から溢れ出た精一杯の温もりだった。翔は声を出して泣いた。

翔はくしゃくしゃになったプリントで紙ひこうきを折ると、澄み渡る空に向かって思いっきりそれを飛ばした。紙ひこうきはくるくると回りながら傾きながら、それでも少しの間自由に大空を飛んで、眼下に広がる家々の中に落ちていった。

玄関のドアが開いた。

「お兄ちゃん、たこやき買ってきたよ。いっしょに食べよう。早くこっちにおいでよ」

「翔、ちゃんと、宿題やっていたの？」

「人がいっぱいだった。ああ疲れた、疲れた」

部屋の中に日常がもどってきた。

翔は「ああ」とだけ言った。

秋晴れの日

「じゃあね」

多恵は胸元で小さく手を振った。

その手を優希が両手で包む。

「多恵、こんなところまで来てくれて、ありがとね。もうすぐ電車が来るからね。この駅、この歩道橋を渡った向こう側にしか改札口がなくってね、渡らないと駅に入れないのよ。田舎だからさ」

「うん、分かった。でも私、ちゃんと戻れるかな……」

「大丈夫だよ。多恵なら絶対大丈夫。あっ、踏み切りで音がしてる。あの電車に乗れば来た時と同じように各駅停車でゆっくり帰れるからね」

優希が早口でそれを多恵に伝えた
田園の街。遠くから電車の走音も間近に聞こえた。

多恵は歩道橋の階段を駆け上った。ビニール袋に入った大きな兎のぬいぐるみを引きずりながら。

一週間前のことだった。

《今度の日曜日、遊びにこない？》

優希からのメッセージが届いた。

優希は中学の同級生で何でも話せる無二の親友だった。卒業と同時に　親の念願が叶ったとかで、県境の一戸建ての家に引っ越していった。それからもメッセージのやり取りはあったが、多恵が返信しないこともあって、なんとなくそれも少なくなり、会えなくなってから半年が過ぎた。

《近所の広場でお祭りがあるの。小さなお祭りだけど、天気が良かったらこない？

多恵に会いたい》

画面に太鼓をたたく女の子のスタンプが踊っていた。

《私も優希に会いたい。けど、行けるかな？　行き方が分からない。どこ行きの電車

に乗ればいいの？　どこの駅で降りたらいいの？》
多恵は次の日になって返事を返した。

お祭りの会場は大型スーパーの駐車場だった。駐車場を囲むように〝収穫祭〟と書かれたのぼり旗が立ち並び、はためくその隙間から古びた神社の小さな鳥居が見え隠れしていた。このお祭りはこの鎮守神社のお祭りで、この地でとれた野菜や手作りの豆餅やらが並べられ地元の人達で賑わっていた。法被姿の男性の威勢のいい声が響き、エプロン姿の女性は手際よく動き回り、屋台もいくつかは並んで懐かしい甘く香ばしい香りが漂わせ、穏やかな楽しさを作り上げていた。

兎のぬいぐるみは、二人で運試しに引いたおもちゃ屋のくじの景品だった。

「大当たり！　特等！　お嬢さん、いいことありますよ！」

お店の人は、高々に何度も鐘を鳴らし自分が当てたように喜んで、奥から特等の景品を出してきた。

それは、くすんだビニール袋に包まれた色あせた灰色の兎のぬいぐるみだった。多恵の両手にも抱えきれないほどの大きなそのぬいぐるみは、店の奥で長い間売れずに置かれていただろうことは、多恵にも分かった。

「優希、これいる？　妹いたでしょ」

戸惑う多恵に、優希は、

「あの子も、中学生だよ。相変わらず生意気で幼いけど。ほら、あの子ぬいぐるみを喜ぶような子じゃないし。それにさ、人にあげちゃったら多恵の運がなくなっちゃうよ」と笑った。


多恵の耳に踏切の音が響いていた。もうそばに電車がきている。あの電車に乗らなければ帰れない。多恵は急いで改札口をすりぬけると息を切らしホームへ急いだ。電車はすぐにホームに入ってきた。速度を弱めていく電車を見た時、多恵はその場に立ち尽くした。電車はこの駅には不釣合いな程混み合っていた。ドアに体を押し付けて立つ乗客達の不機嫌な目が多恵を睨みつけていた。多恵はそこから動けなくなった。

何故だかは分からない。多恵は、満員電車に乗れなくなっていた。

中学生の頃はなんともなかった。わずかな隙間に体を押しんでいく、したたかでしなやかな、そんな自分を誇らしくさえ思っていた。

ところが、高校に入学して電車通学することになり、やっとそれにも慣れてきたと思えた頃、多恵は突然満員電車に乗れなくなった。

今日はきっと大丈夫と何度も自分に言い聞かせて、祈るように電車に乗り込んでみるが、出発を知らせる音がホームに鳴り響くと、急に胸の奥がチリチリとしてきて、いいようのない不安が込み上げてくる。息苦しくて立っていられない。「ドアが閉まります。ご注意ください」と忙しない駅員の声がしてドアが閉まる寸前に、もう我慢ができない。このまま乗っていたら電車の中で「助けて！　降ろして！」と叫んでしまいそうになる。自分の体なのに自分でどうすることも出来ない。多恵はドアに挟まれそうになりながら電車から飛び降りた。乗客の軽蔑にも似た視線を痛いほど背中に感じながら。

――電車に乗らないと。学校に遅刻しちゃう――

焦れば焦るほど多恵の体は満員電車を拒み続け、満員電車はそんな多恵を全く気にも留めず、急ぐ人を乗せて多恵の前を何度も通り過ぎていった。

疲れ果てた多恵は一人家へと帰る。家までの道は、駅に向かって歩いた時よりはるかに遠く、多恵は人目を気にする余裕もなく涙を拭いもせずに歩いた。

最初は、驚いて多恵を優しく受け止めてくれた母も、それが毎日のようになると動揺を隠せなくなった。

「たったの二十分でしょ。どうして我慢できないの。満員の電車はママも嫌いだし、多恵の気持ちもわかるけどね、でもみんな我慢してやっているじゃないの。多恵だけが嫌な思いしているわけじゃないでしょ」と声を荒げた。

多恵の通う高校は県下でも有名な進学校で、母は合格を声をはずませ喜んだ。その母が溜め息をつき無言で車を運転して多恵を学校に運んだ。当然、多恵は遅刻が多くなり、夏休み明けには欠席が増え、それに反比例するように多恵の家の中から笑い声が消えた。

遠くの山々と多恵を残して、満員電車はゴォーと唸り声をあげながら小さな駅を走り抜けて畑の中に消えていった。降りた数人の人達も改札口へと吸い込まれ、ホームには多恵の他に誰もいなくなった。

―次の電車はいつ来るのかな。それはどこに行く電車かしら。その電車も人がいっぱいだったらどうしよう。そうだったら私、帰れない―

不安が次々と込み上げてきた。歩道橋の向こうに優希の姿を捜してみたが、あの電車に乗ったと思ったのか見あたらなかった。

あの時みたいだと多恵は思った。

英語の授業のこと、先生が英語で質問を始めた。先生は出席番号順に指名をしていった。私は先生の質問さえ理解できず一人だけ答えられなかった。隣に小声で助けてくれる人もいなくて、茶化して笑いに変えてくれる人もいない。シーンと静まりかえる教室。私だけが出来なかった。授業が終わってからも、だれからも話しかけられなくて、だれにも話しかけることが出来なかった。

思い出したくないことが多恵の心に浮かんでくる。体がスーッと冷たくなっていく。指先はしびれて動かない。左手にはさらに痛みを感じて、見ればぬいぐるみのビニール袋の結び目が人差し指と中指の先にくい込んでそこが赤く腫れていた。

薄汚れたビニール袋に詰め込まれた兎は、そんなことはお構いなしに、大きな瞳で多恵を見つめでいた。

――あなたがいたね――

多恵は、兎のぬいぐるみを初めて愛しく思った。多恵はぬいぐるみを抱き上げホームのベンチに置くとその隣に腰を下ろした。

陽の光がベンチを温めていた。そこはとても静かだった。空は高く雲は緩やかに流れ、植え込みに咲くコスモスの花が風に揺れていた。目を閉じて深く息を吸い込んでみる。多恵の心に波立っていた荒波がだんだんと収まっていくかのようだった。つい少し前まであんなに慌てて焦っていたのに、今の自分は別人のようで自分でも不思議だった。多恵は隣に座る兎のぬいぐるみを引き寄せた。光を集めたぬいぐるみは生きている兎のように温かかった。

「優希、私、中学の時と変わったかな。正直に言っていいよ」

少し前に優希と交わした会話が思い出された。優香は「そんなことないよ。多恵はちっとも変わってないよ」と口をとがらせた。

「私、高校生になってから今まで当たり前に出来ていたことが出来なくなった。出来ないことがどんどん増えてどうしたらいいのか自分でも分からないの。このままだったら家族にも迷惑だし、私、そっと消えてしまいたい、って思うことがある」

「だめだよ。多恵。そんなこと言ったら。自分をいじめたらだめだよ。自分を嫌いになったらだめだよ。自分を好きでいてあげて。私、多恵のいいところ、いっぱい知ってる」

――優希、でも私、今のこんな自分を好きになんてなれない――

多恵は兎のぬいぐるみをもう一度強く抱きしめた。

「間もなく、上り電車が参ります」

突然ホームにアナウンスが流れた。

――臨時電車だろうか。電車はどこに行くのだろう。混んでいたらどうしよう――

電車は静かにホームに入ってきた。その電車は車窓から向こう側の景色が透けて見える程どの車両にも立つ人はまばらで座っている乗客も少なかった。この電車は多恵の不安をよそに、多恵を受け入れてくれる空間を充分持ち合わせていた。

多恵は兎のぬいぐるみを両手に抱えてベンチから立ち上がると、開いたドアから車内に一歩を踏み入れた。発車を告げるベルが鳴り多恵の背中越しにドアが閉まった。多恵は普通に電車に乗った。多恵は普通に電車に乗れた。

電車はゆっくり走りだした。中はボックス席が並び座席は充分空いていたが、多恵は座らずにぬいぐるみを横に置いてドアの脇に立った。

多恵は走り過ぎて行く外の景色を眺めていた。傾き始めた太陽が色づく木々の葉をなお深く紅色に染め上げて美しいと思った。

この電車がどこに行くのか、どこの駅で降りればよいのか、多恵は分からないままだったが、どうしてだか不安は込み上げてこなかった。幾つかの駅を通り過ぎたが、駅の名には覚えがなく、路線案内も生憎辺りには見当たらなかった。

ふと視線を感じて斜め前のボックス席に目を移すと、多恵に向かったボックス席に座る女の子と目が合った。小学校にあがるかあがらないかの年の子で、多恵の横に置かれたビニール袋の中の大きな兎のぬいぐるみが気になって仕方のないようだった。女の子と向かい合って座る女性は女の子の祖母だろうか、多恵からは後ろ姿のグレーの髪が見えた。「そんなに人様の物を見ているんじゃないのよ」と、欲しがる女の子に言いきかせている様子が雰囲気で伝わってきた。

女の子にぬいぐるみをあげれば女の子はきっと喜んでくれるだろうと多恵は分かっていたが、多恵はそうすることが出来なかった。今の多恵は人との関わりが怖かった。心も体も思うように動かない。今の自分を受け入れてもらえる自信がなかった。多恵は女の子から視線をそらすと、女の子のこともぬいぐるみのことも何も知らない振りをして、兎のぬいぐるみを引き寄せた。

電車は見知らぬ景色の中を行き先も分からないままの多恵を乗せて走り続けている。どのくらい経っているだろうか。車内アナウンスは一度もない。

電車の揺れに身を任せながら、流れる景色を見続けていた多恵に、優希との記憶がまた甦ってきた。

中学入学の日、式が終わって初めて入った教室で隣り合わせに座ったのが優希だった。偶然の出会いだったが気が合い、二人でいる時はいつも笑っていた。一緒に道を歩いていると二人の笑い声にすれ違う人が驚いて振り返った。

三年生になると、休みの日には駅前で待ち合わせをして電車に乗って出掛けたりもした。電車の中ではいつものように大声で笑ったりしない。ドアの横に背をもたれて車内の人たちを見回す。そして、二人で目配せをしながら先ずはターゲットを探す。ターゲットが決まるとその人と視線を合わせないようにしながら、慎重にその人の一挙一動に目を凝らす。その人がどんな日常を送っていて、家族は何人いて、これから何をしにどこに行こうとしているのか、そんなことを勝手に想像する。そうして電車を降りると、自分の想像したことをストーリーにまとめてお互いに伝え合った。楽しい話にもなれば悲しい話の時もある。出来栄えのよい時もまあまあな時もそうでない時もあるが、二人で創り出したフィクションの世界を楽しんだ。多恵と優希はそれを〝人間観察〟と名付けてしばらく夢中になった。二人とも決して良い趣味だとは思っていなかったし、ターゲットに選ばれた人に申し訳ないという自覚も口には出さないながら持っていだが、当時の二人にとって〝人間観察〟は、誰にも迷惑をかけないで出来る大人への批判であり憧れでもあった。

多恵は〝人間観察〟をしながらいつも思っていたことがある。

座席に座るほとんどの人は目を閉じているか気難しい顔をしている。眠っている人も沢山いる。ねえ、皆さん、何か目的があるからこの電車に乗っているのですよね。これからどこかに行くために乗っているのでしょう。それなのに、どうしてそんなに疲れた顔をしているのですか？　大人になるってそんなに疲れるのですか？

私はあんな人達のようには絶対にならない。こんな姿を見知らぬ人の前に無防備に晒けだすことはしない。どんな時だって自分を見失わずに綺麗に生きてみせる。あの頃の多恵はそう心に決めていた。

――もし、あの時の私がこの電車の中にいて、今の私を〝観察〟していたら、どんな想像を巡らすだろう。色あせた兎のぬいぐるみの入った大きなビニール袋をぶらさげて、小さな女の子がそのぬいぐるみを欲しがっているのを知っていながら、わざと気付かない振りを続けている無表情な高校生。そんな私を見て――

車内アナウンスが流れた。次の停車の駅の名を告げていたのか、乗り換え駅のことだったのか、車輪の音にかき消されて多恵にははっきりと聞き取れなかったが、もうすぐどこかの駅に止まるのだろう。

――どこに向かっているのかもどこの駅で降りたらいいのかも分からずに、目的もないまま乗っているのは、この電車の中でたぶん私一人。このままこの電車に乗り続ける？ それとも？――

多恵は迷わなかった。

――知らない駅でもいい。家から遠く離れた駅でもいいの。もし知らない駅でも駅員さんに聞いてそこで私の乗りたい電車に乗り替えればいい。遠回りしているかもしれないけれど、私は次の駅で降りてそして家に帰る――

多恵は兎のぬいぐるみの入ったビニール袋の埃を軽くはらうと、両手で抱えて女の子の前に立った。

「このぬいぐるみ、あなたにあげるね。このうさちゃんずっと一人ぼっちだったみたいなの。いつも一緒にいて可愛がってあげてね。持っているといいことあるのよ」

女の子は両手をいっぱいに広げてぬいぐるみを受け留めた。


間もなく電車は駅に停車した。ドアが開き多恵は電車を降りた。後ろで閉まるドアの音が聞こえ、電車は速度を上げながら多恵の横を走り去って行った。一瞬だが、手を振る女の子の姿が見えたような気がした。

その駅は、多恵が一度も降りたことのない駅だった。遠くの方にホームがいくつも並んで見える。秋の夕暮れは早く、西日が家路を急ぐ人達の影を細く長くホームに映し出していた。

ポケットの中で携帯電話が震えた。優希からのメッセージだった。

《大丈夫？　無事に帰れた？　今日は〝人間観察〟したかな。あのうさちゃんは大当たり！　きっといいことあるよ》

多恵は、すぐに返した。

《まだ知らない駅にいるけど大丈夫。何とかして帰る。今日は〝人間観察〟じゃなくて、〝自分観察〟。それと、あのぬいぐるみは本物の幸せを運ぶうさちゃんだった。今日はありがとう。心配かけちゃったね。今度は私から連絡する》

多恵は歩き出した。

家に帰ったら、「ただいま」と言える気がした。

冬至

「数珠ある？」

喪服の男が店に飛び込んできた。

「はい、ご用意がございます」

店主は足元の電気ストーブをよけて、丸椅子からゆっくり立ちあがった。

「早くしてよ。この先のメモリアルホールで親戚の通夜があってさぁ。まったくこんな暮れに死ぬのは考えもんだよね。迷惑、迷惑。慌てて数珠忘れちまったよ」

店主が数珠の並ぶ奥のケースに目をやると、男は言った。

「あっ、一番安いのでいいよ、いくら？」

「三千円でございます」

「高っけいな。今は百均にだって数珠あるよ」

男は不満げに支払いを済ますと、乱暴にドアを押し開けて出て行った。冷たく乾いた風が店内に吹き込んできた。

古びた入り口のドアは重く閉まりが悪い。半開きのドアを直しついでに、店主は店の外に出た。真冬の風が身に沁みた。

水澤仏具店は西町商店街の端にあった。

〝傘をささずに買い物に〟を合言葉に、当時の若い店主達が寄り合ってアーケードを作った。そのアーケードも今では鉄錆が目立ち、照明の付け替えも進まず、そんな傷みようがかえって客を寄せ付けなくしていた。

一緒に酒を飲みかわし、泣いて笑った仲間達はもういない。開いている店は半分数える程になり、ここを通り抜ける人達の日常の会話の中にだけ「商店街」という呼び名が辛うじて残っていた。

店の電話が鳴った。

半年前、店主は急いで電話に出ようとして転んで左手首を折った。急がば回れと自らに言い聞かせ、店主は粘り強く鳴り続ける電話を取った。

「お待たせいたしました。水澤仏具店でございます」

「あっ、いたんですか」

男の声だった。

「私、前にもお電話した木村不動産の者です。そちらの商店街の共同ビル建築の件でお電話しました」

店主は無理して電話に出たことを後悔した。

「実はご賛同いただけているお店様も結構多いんですよね。ご主人様にも、是非お願いしたいのですが」

「電話でそのようなことを言われてもねぇ……」

すると男はこの時とばかりに声を張りあげた。

「ここは立地条件、バッチシですよ。絶対うまくいきますよ。失礼ですがご商売の方はあんまりでしょ。ご主人、商売なんかやめちゃっても、権利だけで充分暮らしていけますよ。このままだと土地が、もったいないですよ」

「こんな店でもね、私が三代目なんでね、長くここで商売をやってきて、色々あって……、そうとすぐには決められないのですよ」

「ですよね。でもね、ご主人、最近は、墓も作らないっていう人、多いじゃないですか。仏壇やお位牌だって作らない人、これから増えますよ。こういう話が出た時が辞め時っていうんじゃないんですか。ね、ご主人、決めちゃいましょうよ」

店主は男のその言葉に声を荒げた。

「あんたね、見ず知らずのあんたになんでそんなことを言われなきゃならないんだ。あんたなんかに俺の人生を決められてたまるか。いい加減にしてくれ。バカ野郎！」

店主は勢い電話を切った。怒りは収まらず、手は震え、頭の中は熱いままだったが、自分の発した言葉の後味の悪さがじわじわと押し寄せてきた。

店主は力なく丸椅子に腰を落とした。

離れて暮らす店主の一人息子もまた不動産会社に勤めていた。男の声は息子にも似ていた。

―あいつもあんなことを言って、怒鳴られて、それで飯を食っているのか―

店主は、ぼんやり店の外を眺めた。アーケードの疎らな照明は半端な明るさで店の前を照らしていた。

今日売れたのは、線香とろうそくの一箱。少し前に数珠。午前中に暇つぶしの客が一人。並ぶ仏壇や仏具に薄っすら埃が浮いている。店主には店の全てが他人事のように映って見えた。

「お父さん」

ふすまが大きく開いて、妻が顔を出した。

「お父さん、おばあちゃんがいないのよ」

妻は、早口に続けた。

「やだぁ、あんた、居眠りでもしてたの？　ぼーっとしちゃって。聞いてる？　あのね、私がね、夕飯の用意をしててね、見たらこたつにおばあちゃんいないのよ。裏から出たのかしら」

「またかよ。勘弁してくれよ」

「私だって、ずっとおばあちゃんを看ているわけにいかないでしょうが。あんたのお母さんでしょ。私、店番してるからさ、捜してきてよ。またあそこかしらねぇ」

店主は妻から渡された毛糸のショールを掴み、駅に向かってアーケードを歩いた。

年の瀬とは思えなかった。かつての溢れ出るような人並みも賑わいも、もうここにはなかった。

思っていた通りのあの店の前に、母親はいた。

「おい、ここで何してるんだよ」

「ああ、おまえかい。ちょっとさ、柚子を届けにきたんだよ。奥さん、どうしたんだろ。呼んでも、だぁれも出てこないんだよ」

閉ざされたシャッターの前で、母親は柚子を一つ両手で包み、裸足のまま小さく立っていた。

この寝具店も三年前に店を閉めた。商売上手の女主人で、店主の母親は何かと世話をやいてもらっていたが、後継ぎ息子が倒れ、しばらくして女主人も介護施設に入ったと聞いた。

「後で俺が届けてやるから。ほら、帰るぞ」

店主は、ショールを母親の首に巻きつけた。

「足、寒いだろ。おんぶしてやるから」

「いやだよ」と言いながら、母親は幼子のように笑った。

「福引の一等は何だろうね。お米かね。お酒かね」

背中で母親が店主に聞いた。店主は母親の言葉に、以前この店の前に年末の福引会場があったことを思い出した。心踊る鐘の音がこの商店街に響き渡っていた。

「なんだろうな。きっといいもんだろ。そういえば俺、福引を引いたことなかったな」

「そりゃそうさ。福引はお客様のためだもの。でもさ、私も一度引いてみたかったよ。私はくじ運が無いけどさ」

背中で母親の「ふふふ」と笑う声がした。

「お袋、店やってよかったかい」

店主が聞いた。

「ああ、よかったよ。人様のお役に立てるんだもの。いいよぉ」

「お役に立てるか……」店主は小さくつぶやいた。

そして、もう少しだけ、店を続けてみようかと思った。店主は両腕に力を込めて母親を背負い直した。母親から柚子の香りがした。

「お袋、すぐ風呂に入れてやるからな」

母親との久しぶりの穏やかな時だった。


妻が店の前に立っていた。

二人を見つけると、少し笑って、おいでおいでと手招きをした。

西の空

「おっかさん」

秀生(ひでお)は絞り出た自分の声に驚いた。

椅子にもたれ目を閉じていただけのはずだったのだが、また同じ夢を見ていた。

窓の外が夕日に照らされて赤く光っていた。ビルの谷間に正視できぬ輝きを放ちながら沈みゆく太陽。病室は茜色に染まり、白一色の日常とは別世界へと秀生を誘う。

浄土は西方にあるのだろうか、秀生は陽の沈むその先に手を合わせた。

「おっかさん、聞いてほしいのです。今まで誰にも話せなかった。おっかさんが生きていた時には、どうしても話せなかったのです」

秀生は東京下町の呉服屋の跡取り息子だった。結婚して間もなくの昭和十六年、二十六歳の時、招集令状がきた。母と嫁を残しての入隊だった。死にたくなかった。

死ぬわけにはいかなかった。

秀生は運動好きの体格の良い男だった。それだけの理由で、上官は秀生に軽機関銃を渡した。

北支の地は果てしなく続き、行けども行けども景色は変わらず、撃てども撃てども敵は地平線に現れた。

「お前は、背が高いから直ぐ弾に当たるな。おまけに軽機関銃は目立つから敵に一番に狙われるぞ。俺がお前の骨を拾ってやるから、今日はビールを奢れ」

前の日笑っていた戦友を翌日には土の中に埋めた。

それは見張り番の夜のことだった。仲秋の月は空に冴えわたり、遠い異国の地を巧みに清く浮かび上がらせていた。秀生は一人異国の荒野に佇む今の自分の全てを忘れ、懐かしいその時空に身を任せていた。

突然、近くの林から若い男が飛び出してきて秀生の前に立った。手には短剣を握りしめ剣は月の光を受けて光った。秀生は銃を持ってはいたが、自分の身を守るためだけに銃声を響かせてはならない。敵軍の夜襲以外は撃つことをきつく禁じられていた。

「ポンヨウ（朋友）！　ポンヨウ（朋友）！」

覚えたての言葉を祈るように繰り返したが、若者の鬼の形相は変わらなかった。若者が飛びかかってくるのと同時に秀生は腰の軍刀を抜いた。軍刀は若者の腹を突き刺し、刺さった刃は若者の肉体に食い込み容易に抜けなかった。激しい動揺と混乱の中、その中にいて母の顔が浮かんだ。母の目は一点をとらえて動かず、狼狽えることの一片もなく、力強いその表情は微笑んでいるかのようにさえ見えた。秀生の震えが止まった。秀生はうめき声を上げてうずくまる若者の体を泥まみれの軍靴で踏みつけ、力の限り軍刀を引き抜いた。やがてうめき声は小さくなって消えた。

「おっかさん、私は人を殺したのです。刺し殺したのですよ。私は機関銃を撃ちまくり何人殺したかも分からない。私は沢山の人を殺しちまったんですよ」

秀生は溢れ出る涙も拭わず空を仰いだ。

―秀生、もういいんだよ―

母の声が聞こえた。

―お前が帰って来た時から、わかっていたよ。地の果てで死ぬか生きるかをしてきたのだろ。もういいんだよ。秀生、でもこれだけは忘れないでおくれな。お前が生きて帰ってきてくれたことが、私はどんなに嬉しかったか。どんなに救われたか。どんなに有り難いことだったか―

「おっかさん、私はここまでどうにか人並みに生きてきました。でも、もうすぐこの世を離れる今になって、毎晩のようにあの時のことが、それもはっきりと甦ってくるのです。私は人を殺したのです。人殺しなんです。それなのに自白もせず償いもせず罰も受けずに生きてきてしまったんです」

―秀生、お前が人殺しなら、私は人殺しの母だ。お前がいく処にはどこへでもついていくよ。地獄だっていく。一緒に頭を下げにいくよ―

「おっかさん……」

――お前はあの夜の若い人や目の前で死んでいった人達をずっと背負って生きてきたのだね。平らな道を歩くのだってそれはずいぶん重かったろうよ。辛かったろう。でもお前は都合のいい言い訳などしなかった。途中で背中から放り出して逃げ出しもしなかったじゃないかい。お前はその人達と一緒に生きたんだよ。それでいい。もうそれでいいんだよ、秀生。早くこちらにおいで。待っているから――

秀生は窓の手すりを握りしめて太ももに力を入れる。老いた体がやっと立ち上がる。

空は深い紫色に変わり始めた。

十六階にある病室は窓も開かず、季節の移ろいのかけらもなく、見下ろす景色は秀生と何の関わりももたぬ忙しない夕刻の街並み。

間もなく食事が運ばれてくるだろう。病院の夕食は早い。

その少し前の静寂の時。

一枚の折り紙

私は母から、「勉強をしなさい」と言われたことがありません。人と比べることも母はしませんでした。私は、母が大好きでした。

私の母は、東京の下町の佃煮屋に嫁いできました。結婚八年目にやっと姉が生まれ、それからは次々と子どもを授かりました。私は四人兄姉の四番目。末っ子です。母は、いつもお店の準備に追われ、朝早くから夜遅くまで忙しそうにしていました。私は母と過ごす時間はあまりありませんでしたが、寂しさもそう感じることなく、誰にも彼にも甘え上手に過ごしていました。

ある日の午後、母は私によそいき用の緑色のワンピースを着せてくれました。これから来年入学する小学校に行くというのです。

小学校へは、姉たちや兄の運動会で何度か行ったことはありましたが、母と私だけで出かけるのは幼稚園の遠足の時以来でしたから嬉しくてワクワクしていました。

小春日和で空も風も澄みわたり、気持ちのよい日でした。小学校へは歩いていきました。

その日は、次の年に入学する一年生の健康診断や、家の人に学校の説明をする日でした。

小学校に着くと、母と分かれて身長や体重を測ったり目の検査をしたり、別の部屋で丸を書いたりテストのようなことをしました。

その後に連れていかれた教室の前に何人かのお母さん達が待っていました。その中に母を見つけて私は嬉しくて母に飛び付きました。私はとても甘えん坊でした。

しばらくすると、教室の戸が開いて、知らない女の子の名前と私の名前が呼ばれました。私は母に手を引かれて教室に入りました。

初めて入る教室は、黒板がとても大きくて、少し暗くて、木の香りがしました。

黒い服を着た女の人が、長いテーブルの向こうに座っていました。テーブルの前には、子ども用の椅子が二つ並べてありました。私と女の子はその椅子に座り、お母さん達は少し離れて後ろに立っていました。

隣に座った子はおさげ髪で私よりずっと背が高くて、紺色のブレザーがよく似合っていました。

その女の子は、女の人に「お名前は?」と訊かれると、明るい声ではっきりと自分の名前を言いました。私はやっと聞こえるくらいの声で答えたのだと思います。「お名前は?」と、もう一度訊かれました。

それから、また幾つかの質問をされたと思いますが、それはよく覚えていません。

最後に女の人が折り紙の束を手にしました。

その中から一枚を選び「これは何色でしょう」と隣の女の子に尋ねました。

女の子は、「赤です」「青です」と、次々に大きな声で見事に答えていきます。私も同じように訊かれるのかな、これなら大丈夫かなと思っていると、女の人が束の中からまた一枚の折り紙を選びました。

「これは何色ですか?」

私はあわてました。その色の名が思い出せないのです。

―　緑でもなくて、黄色でもなくて　―

でも、その女の子は、すぐに明るく答えました。

「若竹色です」

若竹色。初めて聞く色の名前でした。

私の番になりました。

私はあの色の折り紙だけは選ばれませんようにと祈るようにしていたのですが、女の人は、あの色の紙を手にしました。

「この色は何色ですか?」

たぶん〝若竹色〟というのは間違ってはいないのでしょう。それは私にも分かりました。その呼び名はとてもきれいで素敵でした。でも、私の中ではその色は〝若竹色〟ではないのです。でも、それがどうしても思い出せないのです。

私は下を向いて黙り込んでしまいました。女の人は困ったようにして少し待っていてくれましたが、「はい。いいですよ。どうぞお母様と一緒にお帰りください」と言いました。

帰りの道は、とても長く感じられました。母と手をつながずに歩きました。

途中、「どうして答えなかったの」と母に訊かれました。

私は「隣の女の子が〝若竹色〟って言ったけど、私の知っていたのと違っていたから。あの色がどうしても思い出せなかったの」と言いました。

すると、母は私に「若竹色でも何でも答えればよかったのに」と言いました。

私はそう言われるとは思っていませんでした。だから、その時のことと母から言われた言葉が、ずっと私の心に残ったのだと思います。「そうだったの」と笑ってくれるとばかり思っていました。

母はなぜ、あの時私にそう言ったのかなと、今でも時々思い返すことがあります。教室での私はいつもと違っていましたし、とてもダメな私でした。私は母をガッカリさせてしまったのでしょう。でも帰り道での母も、いつもと違う母でした。

母はあの頃、もしかしたら、私よりもっと寂しいことがあったのではないかしらと、この頃思うことがあります。

*

さくら

私の花だけを眺めて
感嘆の声を
あげないでください
光が咲けよと　教えてくれただけ

私の花が散る時に
散り際が美しいと
褒め称えないでください
風が通り過ぎていっただけ

私の芽吹きに
花はもう散ってしまったと
嘆かないでください
幼葉こそ私の希望　私の生きる力

暑さに耐え
生きぬくために　葉を染め落とし
寒さにも耐え　地に深く根を張り
私は　ずっとここに立っています

私の花に　こんなにも
心躍らせてくださるのなら
また来る春に
私は　きっと蕾を結びましょう

だんご虫

ほうきと　ちりとりの　その間
葉っぱにまみれて　まあるくなってる　だんご虫
そんなかっこで　ひと掃きされりゃ
コロコロ　コロと　ゴミ箱直行便

じっとなんか　してたって
隠れてなんか　いやしない
どこからみても　だんご虫
名前のとおりの　だんご虫

手を出せ　足出だせ　だんご虫
固く閉ざした体から
手と足　出せよ　だんご虫

お前が暮らす　その場所へ
向かって行くんだ　だんご虫
動いて　生きよ　　だんご虫

私は

私は　蛇口をひねり
熱く乾いた土に　ホースを向ける
溢れ放つ　放物線の恵み
木々は光り　枝葉を揺らし
萎れた草花は　全身に涼を浴びて
それぞれに　喜びを歌う
私を　神と仰ぐだろう
そう　私は神のごとく

次の日　私は　鎌を持つ
敷石の間に　種を落とした
哀れ　雑草と呼ばれし草たちの
その首元を　ザクと裂き
健気な小さきものでさえ
迷わず　根こそぎ引っこ抜く
私を　悪魔と叫ぶだろう
そう　私は魔王のごとく

私は　神さま
私は　魔王さま

私は　何さま

蚊

右手の甲に　蚊が　とまった
左の手で　思いっきり　たたいてやった
蚊は　ぺちゃんこになって
ふわふわと　落ちていった

やられた
ほら　かゆくなってきた
ぷっくり　はれてきた

あいつの　生きていた証(あかし)
命がけだったんだな　あいつ
あんなに　強くたたくんじゃなかった

おまえほどの　勇気も　ひたむきさも
ぼくは　持ってや　しないのに
何ひとつ　残せや　しないのに

秋になると

柿の実が　色づいた
カラスが　ついばむ
もう渋くは　ないのかい
それは　渋柿だよ

どくだみの葉が　黄色くなった
茎も　ひょろりと　細くなった
あの暑さの中の　おまえの張り切りようは
大したものだったよ

小春日和に　さそわれて
やっとこ　飛ぶ蚊は　やせっぽち
ずいぶんと　遅刻したものだね
はやく　お逃げよ　たたきは　しないよ

秋になると
ぼくは　少しだけ
やさしくなる

冬木立

痩せた　けやきの木
足早な時の流れに　何を想う

気忙しく前を通り過ぎていった　人々の姿
親鳥に育まれ健やかに巣立った　鳥たちの羽音
老いと病に朽ち果てた　あの木々のことも

吹き抜ける木枯らしに　生身をさらし
緑葉の一枚とない枝を　天高く広げ
玄(くろ)い季節に向かう

負けるものか
巡り会える　光を信じて
息吹を　見事に内に秘めて
立つ　けやきの木

あとがき

児童文学に魅せられたのは、学生時代です。

児童文学サークルに仲間入りをして、日本の作品から海外の作品まで様々な児童書を知り、とても自由で楽しい時間を過ごしました。

数十年の時は流れ、子育てもひと段落。日常で感じた想いを集めて、全くの自己流ですが小さな作品にしていました。

そんな時に文芸社の方に「今までの作品をまとめてみませんか」とのお声がけをいただきました。大した作品など一つもないのですが、ポケットにも入る〝文庫本〟という装丁に何より惹かれました。

恥を承知で出版をお願いしてみたものの、戸惑うことばかり。こんな拙い作品でも読み直す度に書き直したいところが目について、何ともなかなか捗りません。時間ばかりが過ぎていき、溜め息交じりの諦めの日々が続きました。

励ましの言葉は有り難いものです。編集部の渡辺様の「待っています」の一言に、私はどんなに支えられ励まされたことでしょう。お陰様でここまでたどり着けました。文芸社の皆様に心より感謝申し上げます。

表紙と挿絵は、童画家の川村美佳子様にお願いしました。愛らしい童画で作品を優しく包み込んでくださり、素敵な仕上がりになりました。心より御礼申し上げます。

さて、私がこんな風にあたふたしている間に、世の中は激変しました。

２０２０年。世界に広がる新型コロナウイルス。未だに世界中で感染は収まらず、誰もが怯えながら手探りで暗闇を歩いています。感染予防のために「新しい生活様式」が求められ、親しい人と会うこともちょっとした会話でさえも遠慮することが〝義〟とされます。家庭の中でさえも互いに気を使わなければならないことが多くなりました。

三年位前のコロナ禍前になりますが、私は『マスク』という詩を書きました。

マスク

ここは　空気が悪そうだし
今日は　メイクをしていないし
なんとなく
マスクをしていませんか

なんとなく
心にも　マスクをしていませんか

外の空気を怖がらないで
心のマスクを外してみたら

吸って　はいて
吸って　はいて　深呼吸
新鮮な力が　体の中を廻り出す

そのままのあなた
心に　風を感じて

コロナ禍の日常では、マスクは必需品です。マスクは「なんとなく」つけるものではなくなりましたから、この詩は当然〝没〟にするつもりでしたが、思い直してここに載せました。

こんな時だからこそ尚更に「心のマスク」を外してほしいと思ったのです。自己を大切にすることはとても大事なことですが、隠したり守り過ぎたりせず、巡り会えた人達や出来事との心の触れ合いを大切にしてほしいと思いました。

自然の成りあいはどんな時代にあっても懸命に命を繋いでいます。人々もまた、どんな状況にあっても明日への希望を残しています。そういった美しく尊いものに気づき感じて、触れ合って寄り添っていくこと、そうしていくことで、心はより豊かな安らかなものとなっていくのではないでしょうか。

これから私は、私に訪れる全てを怖れないで柔らかな心で受け止めながら、丁寧に生きていきたいと思っています。そして、今まで私が頂いた沢山の優しさを出来れば少しずつでもお返ししていけたらと思います。

最後になりました。

この本を手に取り、ページを開いてくださった皆様に心より感謝いたします。

皆様の未来が、平和で笑顔あふれる日々でありますように、心からお祈りしています。

二〇二一年　八月六日

馬橋 敬子

著者プロフィール
馬橋 敬子（まばし けいこ）
埼玉県在住。

カバーイラスト・本文挿画
川村 美佳子（かわむら みかこ）
童画家。

現代童画会委員。

風ぐるま ―短篇・詩―

2021年12月15日　初版第1刷発行
2024年2月29日　初版第3刷発行

著　者　馬橋 敬子
発行者　瓜谷 綱延
発行所　株式会社文芸社
〒160-0022　東京都新宿区新宿1－10－1
電話　03-5369-3060（代表）
03-5369-2299（販売）

印　刷　株式会社文芸社
製本所　株式会社MOTOMURA

©MABASHI Keiko 2021 Printed in Japan
乱丁本・落丁本はお手数ですが小社販売部宛にお送りください。

送料小社負担にてお取り替えいたします。

本書の一部、あるいは全部を無断で複写・複製・転載・放映、データ配信することは、法律で認められた場合を除き、著作権の侵害となります。

ISBN978-4-286-19915-3